CW00739465

The Wishing Well Collection

To Heidi
i Never Stop Believing!

Love

1

Liana Dan
x

The Wishing Well Collection

Written and Illustrated by Liana Wall
ISBN:978-1-913781-01-9

Published by CAAB Publishing Ltd (Reg no 12484492)

C . A . A . B
PUBLISHING

Foxbridge drive, Chichester, UK
www.caabpublishing.co.uk

All text and images copyright © Liana Wall 2020
Additional photoshop elements from brusheezy.com

All rights reserved. No part of this book may be
scanned, uploaded, reproduced, distributed, or
transmitted in any form or by any means whatsoever
without written permission from the author, except in
the case of brief quotations embodied in critical
articles and reviews.

This is a work of fiction. Names, characters, business,
events and incidents are the products of the author's
imagination. Any resemblance to actual persons, living
or dead, or actual events is purely coincidental.

First Published 2020
Printed in the UK

British Library Cataloguing in Publication data
available

Believe and you shall find - hope,
courage, love, truth & dreams

I dedicate this book to:

My father, Michael Wall, who was, and always will be, my strength and positivity.

To my mother, Sonia Wall, the loveliest, most enchanting woman I will ever know.

To my grandmother, Sheila Wall, the most inspiring lady and Queen of my family.

And finally, to my partner and best friend, David, who has been my rock and my everything whilst writing these stories and throughout every day in my life.

Thank you all for being part of me as I write, and now share, these tales for you - The Wishing Well Collection.

The Wishing Well Stories

Enchandream Wood

The story of Sparkle
The fairy of hope

The story of Glitter
The fairy of courage

The story of Tinsel
The fairy of love

The story of Twinkle
The fairy of truth

The story of Glow
The fairy of dreams

Journey to the human world

Believe and you shall find

Enchandream Wood

Selina

There is a land where magic is the power of all creation. There is a land in which every flower that blooms, every leaf that grows on the trees, and every creature that lives in this wondrous mystic realm, have all begun with the power of magic.

The stories you are about to read come from an enchanted forest, where all the magic of the world begins. This is a land where no human has ever set foot. It is a dream-like haven hidden away from mankind. It is a place where you have to believe in magic in order to find it. This land is called Enchandream Wood.

Deep in the willow trees, beyond the River of Wonders, lives a kingdom of fairies. These fairies are not your usual type of fairies, no, these fairies are created to hold the keys to all the happiness, inspiration, love, support, and comfort for humankind.

Here in Enchandream, lives the most beautiful queen of all the fairies, her name is Selina. Selina is the most magical fairy of them all. She is kind, thoughtful, and has exceptional powers to help the humans in the other world.

Selina has five daughters who each gained one of Selina's magical powers. These powers are unique and special to each fairy and chosen by Selina. These powers help, guide, and encourage others. Selina gave her daughters these magical powers to keep with them forever and so that they can use their special gift in times of need.

Many people often wonder about the fairies and the creatures that live deep in the hidden places of Enchandream Wood. Many have tried to find them, and many think that they have seen them.

The legend and the tales of Selina and the creatures in Enchandream remain a mystery to all mankind.

Yet, dear reader, know this wonderful thought: when the sun shines or the rain falls, when the stars light up the sky, when you are feeling happy with love, or have a dream inside of you - this is the powerful work of the fairies and the magic that they possess. They have created and sent this just for you.

Queen Selina's first-born fairy princess is called Sparkle, and this is where our story begins...

The story of Sparkle - The fairy of hope

Sparkle

It was a summer evening; the sky was glowing with a warm, shimmering sunset. The forest and creatures of Enchandream were waiting in anticipation for the arrival of the first fairy princess.

As the sun slowly began to set, filling the sky with gleaming orange light, the queen of the fairies, Selina, was so delighted that she would soon be welcoming to Enchandream the first princess of the fairy kingdom.

As the sun glimmered its last ray of light, Selina looked up to the night sky to see all the stars beginning to fill the darkness one-by-one like a thousand diamonds. With joy and contentment, Selina looked at the baby fairy in her arms and said to her. "The stars are shining extra bright tonight; I shall name you Sparkle. You have given me a feeling of positivity, confidence that our kingdom will continue to grow, and so I grant you the power of hope." That very moment, a shooting star flew across the night sky

14

with the most beautiful dazzling trail of light. The other animals and creatures in the kingdom saw this up above and stared in amazement. They then knew that the first princess fairy, Sparkle, had arrived.

Over time, as Sparkle began to grow, she showed herself to be a very cheerful fairy. She enjoyed watching and listening to all the nature around her. Sparkle was also a very thoughtful fairy. She always wanted to guide and encourage others, especially if they felt sad. She liked to look after her friends and those around her. But what Sparkle loved most in Enchandream were the lavender flowers in the flower garden that the gnomes looked after for the forest. The gnomes were very good gardeners and wore red and blue pointed hats. They worked very hard at night, when all others were sleeping, to make sure Enchandream looked radiant and full of colour every day. Sparkle loved the colour of lavender so much that she wanted to wear everything purple and to smell just like lavender too. It was very calming and a relaxing scent for her little nose, and it helped her sleep so peacefully. Sparkle liked this very much. The gnomes always made sure more lavender seeds were planted every night just for Sparkle.

As Sparkle was the first princess born to the kingdom, Queen Selina gave her, her very own ladybird called Dotty who was a tiny new ladybird in the kingdom of Enchandream. Dotty had big eyes and loved to smile. Dotty also had 5 lucky spots on her back and was a very bouncy, giggly ladybird. Dotty was new to flying too and had to learn not to get over-excited and fly into things in the forest. When she accidentally flew into trees and branches, this made Sparkle laugh very much. However, she always told Dotty to 'keep trying - you will get there soon' and this made Dotty feel so much better every time. She enjoyed being best friends with Sparkle.

Sparkle and Dotty went on many adventures together in Enchandream

Wood. They would spend all their time together. They made colourful necklaces out of flower petals and stems, riverboats out of fallen leaves which they loved to watch float down the River of Wonders, and they also made their own friendship houses out of twigs and vines from the oak trees. Sparkle always completed every task she did, she never gave up no matter how tricky making something was or how hard it could be to put something together; she knew it would all work out in the end, and it always did. She loved being a fairy and all the wonders Enchandream Wood offered to her.

One silent night in Enchandream, the forest suddenly came over very dark. A cold, unnerving mist began to draw in and creep into the woods. Icicles started to appear on all the green trees and leaves, and the flowers began to freeze up and turn into an icy blue frost. All the creatures began to shake with a sudden chill in their little mushroom beds. They all cuddled up so very tight to keep warm, not knowing what was happening to the forest and why it was suddenly so ice cold.

Selina woke up shivering. She took Sparkle, and she wrapped her tightly in her wings, wanting to keep her warm and safe.

"What is happening?" said Sparkle in a concerned tone of voice.

"I think the cold has struck Enchandream Wood, Sparkle, "said Selina, "the humans must be having a lot of unhappy thoughts at the moment, they are not very joyful in their world, their sadness is coming to us, that is why it is cold here".

"How can we help the humans?" Asked Sparkle. "How can we change these unhappy thoughts?"

"By using the power, Sparkle," said Selina, "hope is the power the humans need right now so that the cold will disappear."

"Power? What is that?" said Sparkle. Then swiftly Selina stood up and raised her fairy wings, they opened up and glowed with all the colours of the rainbow, she started to sing sweetly the magical spell of hope:

"Hope is something special we need; Selina is here for you.

Look forward to things, be positive that all will soon come true.

Hope is found within your heart and also in your mind.

Keep believing, keep it strong, and happiness you shall find."

As Selina sang these words, her colourful wings started to fade, yet Enchandream was still getting colder and darker! Selina looked down at the floor in confusion as to why her song had not worked.

"What is wrong, mother?" said Sparkle worriedly.

Selina looked up into Sparkle's enchanting blue eyes and touched both her cheeks with the palm of her hands and a gentle smile appeared on her face.

"It is your time now, Sparkle," said Selina softly, gazing into Sparkle's eyes, "you must help me, using your fairy power!"

"Me?" said Sparkle in astonishment, "Can I?" she said, "Ok, I am sure I can do this, I must be able too!"

Sparkle then stood up tall, head held high thinking all happy and wonderful thoughts for her and her fairy kingdom. Sparkle was ready in her mind to make this magic spell work for her mother. Sparkle spread her little purple wings, they started to glisten, and she sang the song of hope all on her own:

"Hope is something special we need;
Sparkle is here for you.

Look forward to things, be positive that
all will soon come true.

Hope is found within your heart and also
in your mind.

Keep believing, keep it strong, and
happiness you shall find."

Then suddenly, all at once, the ice and
frost started to slowly melt away. The
blue leaves and flowers started to return
to their emerald green colour and the sun
slowly appeared through the dark clouds.
The ice and frost flowed into the River of
Wonders and away from Enchandream
Wood.

"I did it!" Exclaimed Sparkle. "With
hope, I believed I could do it!"

Selina and Sparkle held each other close. The kingdom rejoiced and all the creatures were so delighted that the fairy princess had made their forest a warm, shining and enchanting place once again.

Selina knew her daughter had the first magical power gift that she granted for her and she would make a fine leader for the rest of her fairy kingdom. Whoever and whatever should be next for Enchandream and their fairy family, Sparkle now had the power of hope to guide her and to believe in.

Dotty

The story of Glitter - The fairy of courage

Glitter

Enchandream Forest and all who lived there were in very joyful, happy spirits.

They loved seeing the sunshine on the land every day; the birds tweeting and singing; the flowers blooming and the woodland feeling harmonious, filled with serenity. Everything was so peaceful, kind, and wonderful in this magical hidden kingdom.

Selina, the queen of the fairies, was busy helping the gnomes plant the purple lavender flowers which Sparkle loved the most in the gardens and making sure they smelt just right. Selina was also ensuring that the beautiful daisies had the whitest of petals and the roses grew happy in their rose bushes with all the colours of the rainbow. Selina was excellent at growing flowers in the forest, with the help of the caring gnomes who were the very best at keeping the gardens full of delightful colours and scents.

Meanwhile, Sparkle and Dotty were playing a game of hide-and-go peep together. This was a game they loved to play. Dotty wasn't very good at this game as she always hid behind the smallest of leaves and Sparkle always made her jump when she found her. Sparkle pretended sometimes that she couldn't see Dotty, even though she was often hiding in plain sight, this always made Dotty feel happy because she was able to win some games as well. They were very kind to each other and enjoyed playing in the trees and amongst the leaves.

As the night drew in, the sun began to settle over the horizon, and the moon appeared so large in the sky in Enchandream Wood. It was much greater than normal and was shimmering white so brightly that it shone a light beam onto Selina's palace built in the willow tree. Selina knew at that moment it was time for the next of her fairy daughters to join the family. Under the full moon, Selina introduced the new fairy to Sparkle, who was bursting with excitement for the arrival of her new sister.

"This is your sister," Selina said to Sparkle, holding the new princess in her arms.

Sparkle looked into the arms of her mother and saw a tiny fairy with the most beautiful hair.

"Look at her hair mother! It is so magical! It looks like glitter dust!"

"You are right," said Selina, "therefore we shall name her: Glitter."

Sparkle adored her little sister Glitter so much. She made a promise that night to guide her and to be the best big sister in the land. Selina knew she had to grant Glitter one of her magical power gifts soon, but this gift was something she had to grow and learn to use herself with time. Selina had to observe how Glitter behaved in order to grant her that chosen power.

As the days went on, Sparkle, Glitter, and Dotty all played together by the River of Wonders. They danced on the riverbank edge and splashed each other with the warm river water, laughing, giggling, and having so much fun. The blue water was Glitter's favourite colour, she loved it so much that she asked the caterpillars to make her dresses the dazzling turquoise blue like the colour of the water dancing in the sunlight with the shimmering ripples.

One afternoon, after supper, Glitter and Sparkle flew together again to the River of Wonders. Glitter loved to dip her pointed toes in the water and twirl around with her sister. They made up dances together and enjoyed it so much. They loved how they danced on their pointed fairy toes, just like ballerinas.

Unexpectedly, there was a big loud "caw" sound in the air. A very dark noise, the call of a large black crow. It was so loud it frightened and scared all the creatures in the kingdom. So much so, that everyone fled as quickly as they could, back to their willows and oak trees. Crows do not like kind, little pretty creatures, and Enchandream was filled with them.

Crows are the only birds that are not allowed in the magical woods as they are a lot larger than the creatures in Enchandream; this crow was not welcome and far too large for this forest.

Selina cried out from the window hole in the willow tree for Sparkle and Glitter to fly home right away. Sparkle heard her mother's call and spread her wings and started to fly back to the willow palace. Then she discovered, looking back over her shoulder, that her sister was not following behind her. Instead, she was still dancing on the water edge at the River of Wonders.

"Glitter, we must go. If we head back to the palace now, all will be safe and well," called Sparkle, back to her sister.

"Do not worry Sparkle," said Glitter, "I am sure it is safe, let's quickly make up another water dance together."

Rapidly the sun disappeared behind a black cloud, and the big black crow was hovering over Enchandream Wood. Its wings were wide and long, and it was fluttering hastily over the top of them both, looking like it was ready to swoop. The crow then saw Sparkle's reflection on the water and flew down with a mighty rush and caught Sparkle by her delicate little wings, then whisked her away in his beak up to the sky.

"Help!" cried Sparkle.

"Sparkle, I'm coming!" Glitter replied in a panic.

Glitter then opened her wings and started to fly after the crow, flying with all her speed and might so that she could save her big sister. She was gaining fast and yelling to the mean crow. "Let my sister go!".

Glitter reached into her turquoise fairy dress, pulled out handfuls of fairy dust, and started to throw it over the crow, hoping this would help. Glitter was not afraid of the crow, she just wanted to help her sister. Closer and closer Glitter flew to the crow until they were almost side-by-side.

Just then, Dotty looked up at the sky and saw her two fairy friends combatting the Crow. Dotty flew as fast as she could to alert Selina that there was trouble up in the sky with Sparkle, Glitter, and the crow.

Immediately, Selina rang her bluebell alarm in the willow palace, which summoned her butterflies and bees. She instructed that they fly as fast as they could, following Dotty to help her daughters tackle the crow in the sky. Flying like the wind, they all joined Glitter and surrounded the Crow. The Crow covered with fairy dust and seeing an army of butterflies and bees became afraid and opened its beak. Sparkle's wings were released she was free from the crow. Glitter caught her sister in her arms and held her tightly in a fairy hug.

The butterflies and bees escorted Sparkle and Glitter back to the palace, where Selina thanked them for taking care of the princesses.

"We are so very sorry mother," said Glitter, "Sparkle told me to leave the water, but I wasn't scared of the noise at all and I did not think I would worry anyone."

Selina held Sparkle and Glitter tightly in her wings and told them they must obey the rules of Enchandream, as scary and unsafe things can happen at any time. Sparkle and Glitter dropped their eyes in sorrow, nodded, and flew to their mushroom beds. They both hung up their slippers next to the lavender flowers, tucked themselves in, and rested together before drifting off to the land of imagination.

Dotty flew in through the window on the willow tree and gave a little nuzzle into Selina; they both looked back up at the starry sky above.

"Glitter learned her lesson this evening Dotty by simply not listening", said Selina, "yet she has demonstrated that she is ever so brave and courageous for battling the crow on her own. I know the power she needs to receive; she has proven this to me, to our kingdom, but most importantly to herself, she has so much courage inside of her."

Then Selina stood tall, opened her wings which changed to all the colours of the rainbow and sang softly:

"My beautiful daughter Glitter; you dance high on your toes. I bring courage here for you, take it wherever you go.

Do not be afraid of anything, you have your mind and spirit, the strength that guides you in your soul, listen and you will hear it"

Selina watched the full moon fill the sky with all the white and silver light it possessed. She whispered to Dotty as they both watched the moonlight beam down on the forest floor below,

"Glitter will help all those in Enchandream, Dotty; she has been given the power to be brave, strong, and fearless. She is the fairy of courage who will comfort the humans and help them to never be afraid of anything."

The story of Tinsel - The fairy of love

Tinsel

The kingdom of Enchandream was getting prepared for the glorious season of autumn and the magical colour change of the leaves, trees, and flowers. Bright emerald green transforming into glowing amber orange.

The creatures loved this time of year. They all liked to help the trees and flowers get ready and to catch all the falling leaves so that they could be creative and make belongings from them for their oak tree homes. Sparkle and Glitter loved to help too. As tiny fairies they were perfect for looking after the smaller creatures in the kingdom, such as the ladybirds, caterpillars, butterflies, beetles, and baby squirrels; they were all such wonderful friends. They danced together, chased each other, and played games every day. They spent most of their time on adventures and exploring all the amazement of the woods.

During this time of seasonal change, Selina was also waiting in anticipation for the arrival of a new fairy princess.

Selina wondered what her new daughter would be like, excited that there would be a new addition to the kingdom. As she watched each leaf fall from the trees, she smiled fondly, a fairy would be born anew and grow, just like her fairy princess kingdom would grow again.

In the deeper part of Enchandream, beyond the River of Wonders and past the sleeping burrow where the rabbits lay, lived a family of pixies. Pixies are a lot like fairies, but they do not have wings. Instead, pixies are rich in magical powers, they have a magnificent relationship with larger animals, and they are very entertaining and gentle to all those who believe in them. The rabbits in Enchandream are best friends with the pixies. As pixies cannot fly, the rabbits take them to wherever they need to go on their backs, whilst the pixies hold on to their soft fluffy rabbit ears.

The king and queen of the pixies in Enchandream were named Aoife and Eva, respectively. They had a son, called

Flynn, who was the prince of the pixies. He was a very handsome pixie prince, with pointed ears, intensely green eyes, and golden hair. Pixies also work very hard, and the secret to them is that if they are loving enough to the world, they can eventually become a fully fledged fairy and gain their wings. Flynn dreamed one day that he would eventually become a fairy and find his princess and that they would live in the willow tree palace together.

The sun slowly began to set on this autumn day. The sky transformed into a beautiful red sunset with the warmest of pink sunshine tones. Sparkle and Glitter knew this was the magical time, and they waited for Selina to introduce their new princess. As warm as fire and as mystic as gems, Selina welcomed the third of the fairy princesses. The kingdom cheered with delight. Sparkle and Glitter danced with joy with Dotty and their other forest friends in the willow tree where Selina appeared holding in her arms the third princess.

Sparkle and Glitter skipped on their tiptoes over to meet their new fairy sister and saw with delight that she had pink hair and lips, matching the sunset's radiance they had just seen in Enchandream.

Sparkle was mesmerized by the blush of her new fairy princess sister.

"Mother, we must name her Tinsel," said Sparkle, "she is shimmering, and I am experiencing a wonderful feeling of happiness in me."

Selina nodded and agreed. "Just like the tinsel that humans place on their Christmas trees in their world, Sparkle, it creates a wonderful feeling and an exceptional shimmer on their trees, just as you feel about your new sister."

So that sunset evening, they named her 'Tinsel'.

Once again, Selina now had to wait to see what power she could grant her princess, Tinsel. Watching to see how she would grow with the help of Enchandream and her sisters.

Over time, Tinsel discovered she was fascinated by all things with the colours pink and red. She loved the roses, the tulips, and the bright robin's breasts, the berries on the bushes, and the red apples on the trees. Tinsel also wanted all her dresses in pink and red colours. It made her so happy. Luckily, she already had the pink hair that matched her pink dresses and shoes perfectly.

As the days went by and autumn was in the air, Tinsel found herself wanting to be around the creatures of Enchandream who were very close to one another, those who cuddled, those who held hands, those who gave and received kisses to each other. She loved seeing the birds on the oak tree branch hugging and singing together whilst cuddling under each other's wings. Tinsel attended every wedding, applauding and smiling for every creature in the wood that was married by the Wise Owl at the Evermore Tree, standing tall in the kingdom.

Tinsel longed to be loved by someone, in the same way that the various forest animals loved each other. They all were so happy, content, and peaceful to have someone by their side.

After honey supper, Tinsel went to her mushroom bed. She closed her eyes and thought of all the love in Enchandream. Every night before she fell asleep, Tinsel would speak the same three words to her sisters and mother. Those three words were 'I love you'. These three words made Tinsel fall straight to sleep knowing that she would always have her sisters and mother beside her, filled with a feeling that meant everything to her heart.

The following day, Tinsel was busy cleaning the branches on the willow tree of the palace with a fern leaf, when suddenly she heard a beautiful melodic song. A tune that was so joyful and harmonious, that it fascinated her. She looked around the bottom of the tree and down in the shrubs that were growing below. Yet, she realised in amazement, looking into the distance, with her little ears in the air, that the tune was coming from beyond the River of Wonders. Tinsel put down her cleaning leaf and flew closer to hear the beautiful music. Tinsel concealed herself behind the long grass stems on the hillside. As the music grew louder, she parted the grass with her little hands to peek through. She looked down from the hilltop and saw it was coming from inside the rabbit burrow underneath her.

Tinsel flew down from the hill and slowly tiptoed into the burrow. She saw a pixie boy sitting with his back against the burrow walls, playing a tune with grass strings in a wooden box. It sounded so romantic that Tinsel had to start dancing and swaying to his melody.

"Hello," said Flynn, his big green eyes opening wide upon seeing Tinsel in the distance by the burrow.

"Oh, hello", said Tinsel timidly, "please don't stop playing your music; it is so wonderful."

Flynn then stood up and walked swiftly over to Tinsel. "Thank you, I like playing music and singing melodies," said Flynn. "Thank you for dancing to it, what is your name?"

"My name is Tinsel."

"You are a fairy princess!" said Flynn in amazement of this vision before him, "I have always wanted to meet one of you. I have heard that you live in the fairy kingdom."

Tinsel replied. "We do, but I am usually fluttering high in the canopy of the trees in Enchandream cleaning the branches. Yet, once I heard this sound and melody you were playing, I had to discover what it was."

"I am so pleased you did," said Flynn.

Tinsel grinned from ear to ear, and with a giggle, she waved goodbye to Flynn and started to walk back out of the rabbit's burrow.

"Wait! Please, Tinsel," said Flynn, "in case I do not get this chance again with you, please take this." Flynn removed a bright red stone on a dark brown string from around his wrist and handed it to Tinsel.

"What is this? And what a beautiful shape!" said Tinsel. "It is so stunning."

"It is a heart," said Flynn, "a heart shape means love".

Tinsel took the heart from Flynn and tied the string around her little wrist, she thanked Flynn and waved goodbye to him. As she flew back to the willow tree she was overcome with an adoring feeling in her tummy, like a thousand butterflies all tickling her at once. Tinsel then started humming the melody Flynn was playing and she danced merrily into the willow palace.

Queen Selina watched Tinsel with joy as she skipped into her bedroom. Selina saw and admired how happy Tinsel was and, observing the heart-shaped bracelet around her wrist, Selina knew that it was a gift from the pixies and now she had the third power she was waiting to offer one day to one of the princesses.

Selina flew over to Tinsel who was still dancing in her bedroom and held her closely in her arms.

"You are so kind, Tinsel; this heart on your bracelet matches the love inside of you, your heart is so great and devoted, and I know you are blessed with a special gift. The power that I want to grant you entirely is the gift of love."

Tinsel then watched Selina's wings open wide and light up with all the colours of the rainbow. She smiled and watched her mother sing these magic words to her:

"My dear Tinsel, you love to smile, and you are filled with so much love,

You care for those around you, in the world and stars above.

Your friends and all your family, you tell them "I love you."

You have opened your heart to love, and the wonders it can do."

Tinsel then looked down at her pink dress and saw lots of little mini red hearts suddenly magically appear, matching the heart that Flynn's bracelet showed. Tinsel was so very happy and thanked her mother for such a wonderful power, telling her of her adventure in the rabbit burrow.

"Now open your heart and let others in Tinsel," said Selina, "Flynn is a special friend, if you find happiness and love then show it."

Tinsel then kissed her mother on the cheek and flew back to the burrow just past the River of Wonders, looking for Flynn. She could not wait to tell him what power she had just been given, but Flynn was nowhere to be seen. She looked under the rabbits' bedding, inside the burrow; she called his name and looked under every rock, leaf, and stone, but there was no sign of Flynn. Tinsel became very sad, sat down on a toadstool, took her bracelet, and held the heart tightly in her hand. She missed Flynn and his music; she was so looking forward to seeing him. Tinsel, not knowing if she would ever see her friend Flynn again, softly whispered holding the heart bracelet, "I love you, Flynn."

Tinsel's wings then started to glow bright ruby red, as did all the hearts on her dress and the heart on the bracelet on her wrist.

Suddenly she felt a little tap on her shoulder. She looked behind her and there he was! Flynn!

"Flynn!" cried Tinsel, "I am so happy to see you!"

"I will always be here for you, Tinsel. The bracelet I gave you has been made magical. Keep it safe; I will forever be here for you."

Unbeknownst to Selina and the other pixies, Aoife and Eva were secretly watching from the oak tree branch above, hiding and peeping over the leaves.

Selina, Queen of the fairies, visited the pixies.

"Friendship is a special thing," said Selina to the other pixies.

"Yes, family and friends are," said Eva.

Selina looking at the adoration and loyalty that Tinsel had been granted by a pixie and knowing she would be the fairy who possesses all the love in the world, she felt content.

Selina then said goodbye to the king and queen of the pixies. She looked back fondly at Tinsel and Flynn so delighted in each other's company, as she flew away from the oak tree. Flynn started to play Tinsel's favourite music to her again and she was dancing joyfully along to it, just as she did before and just as she always would.

Gazing at the sunset red sky in the distance, Selina flew gracefully back to her palace in the willow tree. When she had returned, she whispered from the depths of her kingdom below to the rest of her kingdom above and beyond the sky to the human world: 'If you ever feel your love is lost, look deep in your heart, love is always there, believe and you shall find it'.

Flynn

The story of Twinkle – The fairy of truth

Twinkle

Soft morning raindrops fell gently over the land of Enchandream. The river of wonders flowed smoothly and calmly, and all the creatures were busy working in their willow and oak tree homes. The squirrels were toasting hazelnuts by the fire; the gnomes were cleaning their gardening tools of the left-over soil, and the bees were busy making honey in their hives ready for the kingdom's supper that night. Everyone was eager and waiting for another fairy princess to join the willow palace very soon.

Sparkle, Glitter and Tinsel were hard at work, designing, creating, and making new dresses with the help of the caterpillars. Purple for Sparkle, turquoise for Glitter, and pink for Tinsel. They made the most beautiful dresses; they flowed and spun when they twirled. They enjoyed making clothes they could wear in the forest as each creation was unique and individual to them. The caterpillars were very quick at making clothes for all the creatures of Enchandream too. They were very lucky they had lots of little legs which could cut and sew and decorate all at the same time.

That afternoon, strangely, the light raindrops didn't seem to disappear. Rainfall in Enchandream concerned Selina and the creatures because rain meant that the humans, in their world, were not in a happy place at the moment. Selina called her three fairy princesses to meet with her in the willow palace and reminded them that together they must keep the kingdom and the human world happy.

"Use your powers when you feel you need to, my princesses," said Salina, "especially you Sparkle, we must keep the hope alive."

The fairies all nodded and together looking out of the willow tree to the sky above, each sang softly their powerful spells of hope, courage, and love. Yet the raindrops still remained, despite the princesses singing their powerful spells.

Selina thought this may mean something more serious. Perhaps it was time for the new fairy princess to arrive? There was a reason that the rain was remaining during this magical time. Still with the sound of the light raindrops on the willow tree, just as Selina had expected, the fourth princess fairy arrived in Enchandream.

The fairies all gathered around closely and were amazed by their new princess sister. Her hair was glistening silver like the stars, and her skin was as white as the snow. They knew something was extra magical today due to the raindrops continuing to fall over Enchandream. They all wondered what was extra special about this princess, and they hoped it was something extraordinary.

Tinsel looked at Selina and said. "She is perfect and pure mother, we must name her Twinkle," and they did.

Days went past filled with the endless raindrops over Enchandream. The River of Wonders was starting to fill gradually from all the extra water falling into it and the gardens were getting too wet for the gnomes to work in and plant their flowers. One afternoon, Twinkle walked along the branch of the willow palace tree on her own and sat on the ledge looking out at the sprinkle of rain. Tinsel was feeling very sad that the ground below was beginning to get too wet and the sun was being blocked by the clouds that were so heavy with water droplets.

Unexpectedly, Twinkle heard an unknown voice, but no one was around. Twinkle looked around her, above her, and below her as she sat alone, but bizarrely no one else was to be seen.

The voice she could hear was not kind, it was raised and very saddened. Twinkle continued to listen, and she heard this voice being wrong and untruthful. Then suddenly water began to fill Twinkle's left eye, and it ran down her cheek to the ground below her. Twinkle looked down to see the tear open up into a large puddle and there was a vision of a little human girl speaking untruthfully to her mother. Twinkle continued to watch with a sad heart at the vision she could see in the water.

In the palace Selina could feel her daughter's pain and left the willow tree. She walked along the branch to where Twinkle was sitting and sat down beside her. Selina looked down to see what Twinkle was so saddened about and saw that her fairy princess was very troubled watching this human behaviour in the water. She moved Twinkle in closely to her. She knew then that she had the fourth magical power that connects with deep emotions. This was why Enchandream had never-ending raindrops. It was because of Twinkle's power, the one that she needed to gain.

"My beautiful Twinkle," said Selina, "you hold a very powerful gift, one like no other, you can hear the humans and the sadness they can create when they are mean to each other, but this is why you can see them, so you can help and guide them to be truthful."

"The humans make me hear them when they say untrue things. When I hear this, a tear falls out of my eye and rolls down my cheek," said Twinkle.

"Yes", said Selina, "you have the gift to guide humans to be truthful and honest."

Selina stood up beside Twinkle, opened her wings which started to glow all the colours of the rainbow, and sang softly:

"Princess Twinkle is your name and truth is all you say,

Always say what is true and right, each and every day.

Keep your promises and mean your words, open and honestly.

Otherwise, you will regret it, and it will end in an apology."

Selina and Twinkle both looked down at the teardrop puddle and the vision of the human girl. Twinkle then heard the little girl say, 'sorry mother' and apologise. The teardrop in Twinkle's eye and the vision then quickly vanished. Twinkle smiled and felt restored and content right away.

"Guide the humans' Twinkle", said Selina, "whenever you have a tear, that is a human being untruthful, sing the song filled with power, and help them to be honest and good."

"I will," said Twinkle.

The drops of rain began to slow to a little pitter-patter sound on the trees, and the sun's beam began to appear slowly through the lighter rain clouds. Selina and Twinkle stood together and embraced in a fairy hug. They were then joined by Sparkle, Glitter, and Tinsel, who saw their sister's magical power of truth and were so happy that she had

ended the continuous raining in
Enchandream.

Selina looked back at Twinkle and said,
"the power of truth is something only a
human can choose to have, however with
your power, guide them to do the right
thing."

The other fairy princesses all began
twirling and dancing in such delight and
took Twinkle by the hand to lead her out
of the willow tree, to dance in the
droplets of final rain together.

The clouds all parted; the gleaming sun
started to shine all its warmth over the
kingdom of Enchandream. The River of
Wonders went back to its normal level
and the flowers in the gardens stood tall
towards the light. Everything was perfect
once again.

Selina followed slowly behind and
looked up at the final rain clouds in the
sky, she whispered to the sky above with
the humans in her mind and said,

"Twinkle has the power of truth, we listen and we can hear you. Twinkle will not cry a tear if you tell the truth, always remain honest and true."

The story of Glow - The fairy of dreams

Glow

Summertime had finally started in Enchandream. The early sunrises, the chirps and sweet songs from the birds; everything was so pleasing. Summer was the realm of Enchandream's favourite time of year. This particular year, the gnomes wanted to plant one special yellow flower in honour of the final fairy princess that was due to arrive soon. They wanted this special flower to be bright yellow like the sun. However, the little gnomes were not very organized gardeners and so, all agreeing to the wonderful idea, each gnome planted a flower each, instead of just one between them. There were now countless different yellow flowers in the gardens. The kingdom did not mind this mistake by the gnomes, as they always were such thoughtful and attentive gardeners. They knew the fairy princess would enjoy every one of the flowers they had kindly and delicately planted for her.

Meanwhile Sparkle, Glitter, Tinsel, Twinkle, and Dotty were all dancing by the River of Wonders, all excitable and discussing their final new fairy sister, all imagining what she would look like and what power she might bring to Enchandream. Glitter especially loved the river. She enjoyed pointing her toes, as she dipped them in the warm water. All the fairies were full of gladness spinning, twirling, smiling, and laughing. They were very excited about what was to come. Selina was watching from the willow tree and smiled with amusement at the many beautiful new yellow flowers planted by the gnomes. As Selina watched the flowers, they started to grow more quickly than anything she had seen before, blooming perfectly with their bright silk-like petals. The colour filled the garden of Enchandream like a blanket of gold, Selina then knew she was about to welcome the fifth princess fairy.

Just as the final flower opened its last petals, Selina welcomed her fifth and final fairy daughter.

The other fairy princesses were called by Selina and together they all flew up to the willow palace and were amazed by how bright and yellow their sister's hair and wings were.

"Look how bright she is!" said Sparkle.

"Wow, her wings are beautiful like the sunshine," said Glitter "we must name her after the sun."

"She is like a wonderful glow of light," said Tinsel.

"Yes, let's name her Glow," said Twinkle, and they did.

Glow, the youngest of the fairies, already had the guidance of her four big sisters. She was sure to be looked after and loved so much. Selina watched all five fairies hug and embrace. She was full of so much happiness, joyful in the knowledge that her kingdom had grown perfectly right from the very start.

As the youngest and smallest fairy, Selina wanted Glow to have a guidance friend and summoned upon the fairy unicorn Goldie to look after her. Selina made Goldie a very special part of the fairy kingdom, just like Dotty the ladybird. Goldie was a beautiful soft white unicorn with a long gold shimmering mane, who was a trusted friend of Selina's. Goldie flew everywhere with Selina when she had become queen of the fairies many moons ago. Only time would tell what the final fairy power would be for Glow, Selina was always watching and listening.

As the days went by, Glow was always flying with Goldie to the yellow flower garden that the gnomes had planted for her as a special gift. This was her favourite place to go in Enchandream, as it was created just for her. Glow always carried with her a stem flower pen and petal notebook in her fairy bag. She enjoyed sitting among the flowers, writing down all her thoughts, ideas, and things she and Goldie saw together.

Glow also liked to make things; she liked to draw, paint, and dance. She was always singing too; she wanted to do everything she possibly could in Enchandream.

However, Glow seemed a little different from her other sisters. Unlike the others who always completed every task, Glow always wanted to move onto the next chore or activity right away just to make sure she did not miss out on anything.

Like the yellow flowers planted for her by the gnomes, yellow was her favourite colour. The caterpillars made her the prettiest of yellow dresses, so much so, that when she sat on the flower petals, you couldn't see her! Goldie always waited for her at the edge of the flower garden to make sure Glow was always protected as Selina had instructed. Glow liked this, as she liked to keep all her ideas safe in her petal notebook and all her plans written down just to make sure she would never forget any. Glow was a very busy fairy that did not seem to want to stop. Many times she made her fairy sisters, Goldie the unicorn, Dotty the ladybug, and her mother Selina wonderful gifts. Flower necklaces, paintings of the animals, she even taught her sisters and little Dotty new dance moves which they enjoyed very much. They all had no idea how Glow had so much energy, or how she was consumed by so many ideas in her head and things she wanted to do.

One summer's afternoon, Glow felt she wanted to teach the other creatures in Enchandream about all her fascinating discoveries. She had a feeling inside of her that she wanted to talk all about her plans, ideas, and goals. Glow set up a little school in the Evermore oak tree and used the mushrooms and toadstools as chairs and invited all she knew to come to her teaching school. Glow invited her sisters, pixie friends, the wise owl, the squirrels, the birds, the butterflies, the caterpillars, and of course Goldie, Dotty, and Selina. Glow started by giving each of them an elm leaf to draw on and a honey stick to write with. She asked them to write what they love most about Enchandream Wood.

Selina watched from the side of the Evermore tree, gazing over the spectators she had invited, so very proud of Glow and her decision to be a wonderful leader and teacher. She had a lot of knowledge for a little fairy.

Unexpectedly during this time, Glow's wings started to shine so brightly that it took all that were there by surprise.

"Glow, look at your wings!" said Tinsel.

As Glow looked to the side to see her shining bright wings she said, "I was only thinking about being the best fairy I can possibly be."

All the creatures looked on in amazement at what was happening to Glow. They all smiled and turned to look at Selina. Selina stepped forwards smiling and listening to all the ideas and dreams Glow was discussing with her friends. She knew that Glow's power was not only a magical one but one that has the biggest inspiration of them all. She had the gift of dreams.

Whilst everyone watched in amazement, Selina began to open her wings wide, more so than ever before and filled with all the colours of the rainbow, softly she sang:

"Your name is wondrous Glow, you're bright like sunshine yellow.

You have lots of dreams, especially at night, when you rest your head on your pillow.

You want to be the best fairy; you have the desire you will see.

I want you to always know, you can be anything you want to be."

Glow's wings returned to normal, her sisters were fascinated to hear about all the plans she had for them. Despite being the smallest and youngest of the princesses, she was a very clever little fairy.

Once Glow completed her Evermore tree lesson, Selina called all the fairies to the willow palace.

"My beautiful daughters," said Selina, "Glow has been given the gift of dreams. This means now that whenever a human has a goal, vision, or wants to achieve something, we will know, as her wings will shine ever so brightly. That is when you have to encourage them Glow and help the humans believe they can do anything."

"I really will," said Glow.

"Believe and you shall find, my darling princesses," said Selina as she made her way out of the Willow Tree Palace.

The fairy sisters all danced with joy that their smallest sister had the brightest gift.

Glow continued to dream of all the ideas, plans, and adventures that she would achieve in Enchandream and thought about always wanting to help all who have their special dreams and goals too. Selina was so delighted that all her magic powers had now been passed on to her fairy princess daughters. She was sure that the kingdom of Enchandream and the human world would continue to have hope, courage, love, truth, and dreams.

The five magic powers were set to guide and inspire the humans, and all the creatures now, and for all time.

Goldie

Journey to the human world

Wise Owl

The land of Enchandream and the kingdom of the five power fairies had built from strength-to-strength. The creatures and nature of the forest were blooming in full glory. As Selina sat alone on her golden leaf throne in her willow tree palace, she thought about her five fairy princesses. All had proved that their individual powers could make wonders for Enchandream and in the human world. As she reflected on her kingdom, she called upon the wise owl who lived in the Evermore Tree. The wise owl was the oldest animal in Enchandream, and he was the one who oversaw weddings and blessings and answered all the questions when it came to the human world.

The wise owl flew to the willow tree and knocked gently on the wooden door.

"You called me your highness?" said the wise owl.

"Yes, please come in and sit with me", said Selina. The wise owl entered the palace and sat in front of Queen Selina, curious to know her request for him.

"I would like the princesses to fly to the human world", said Selina, "they need to fully understand how great their power spells and gifts are."

The wise owl replied. "Absolutely your highness. There will be many surprises on the journey to get there."

Selina nodded and said. "Yes, flying to the human world will be astonishing for them all."

The wise owl continued. "They will have to experience all the seasons of the human land. Firstly, spring beginnings, then a summer of delights, the autumn of spooks, and the winter of joy."

The wise owl had reminded Selina that the autumn of spooks may be scary for the princesses, yet Selina knew her daughters needed to face their fears and vanquish whatever comes to them. She knew that Glitter would be able to guide them. The wise owl agreed to the decision and left the palace, flying back to the Evermore tree to prepare the kingdom for the departure of the five fairy princesses.

As the sun was setting over the forest treetops, Sparkle, Glitter, Tinsel, Twinkle, and Glow were all together dancing in the palace willow tree. Dancing was their favourite thing to do. They especially loved twirling and pointing their beautiful toes. Selina arrived and was so delighted to see all her princesses dancing together.

"My beautiful daughters," said Selina, "I have a task for you all to do." The five fairies immediately stopped their dancing and turned to face Selina.

"What is it?" said Sparkle.

"The wise owl and I have decided that it is now time for you to fly to the human world," Selina said in a soft comforting tone. All the five fairies looked at each other in surprise. They had never been asked to travel to the human world before.

"You have to understand their world for yourselves," said Selina, "do not worry though my sweethearts, the wise owl and I will be guiding you from the Evermore tree. You will be flying there tomorrow to experience all the surprises of the human world and how your power spells can help them all."

The fairies seemed very excited about this task that their mother had asked of them, yet Glow, the youngest of the fairies, appeared a little afraid. Glow who had the biggest dreams still needed encouragement from her big sisters. Being wonderful sisters, they would be sure she had the encouragement she needed to feel safe.

The morning sun shone brightly over Enchandream and Selina, and the fairies woke up ready for their journey to the

human world. Sparkle put on her best
purple dress; Glitter was ensuring all her
sisters would be safe; Tinsel was leaving
little petal love notes for all her friends
and to Flynn, the pixie prince; Twinkle
was making sure the sky was clear of
raindrops; Glow was busy packing her
bag with her leaf notebook and flower
stem pen.

The wise owl was waiting outside the
willow tree. He was ready to take the
fairies to the locked charm clouds. This
was the magic gateway to the human
world from Enchandream Wood and
only the wise owl could open this
entrance. Selina stood at the palace
willow tree door with prince Flynn the
pixie, Dotty the ladybird and Goldie the
trusted unicorn. Each princess walked
gracefully to the branch edge to meet the
wise owl.

"Take the princesses into the charm
clouds my dependable owl," said Selina.
"I will be listening and with you always
my sweet daughters, use this time to

embrace the human world so your duty as a power fairy can guide them and help the humans."

Each fairy hugged their mother, Dotty, Goldie, and Flynn one-by-one. Tinsel gave Flynn a little fairy kiss on his cheek and said her power words: 'I love you', before spreading her wings. They all started to fly off into the blue shining sky with the wise owl.

They soon arrived at the charm clouds. A locked doorway to the human world. The wise owl flew forward and closed his eyes. He then boldly said the magic words:

"The locked clouds of charm, I ask of you today,

to open the world to humans and unlock you if I may?

The fairies are to enter this realm that they protect.

Take them through the journey to the world they will never forget"

Suddenly, the clouds parted to reveal a beautiful silver pearl gate. "It is ready," said the wise owl. "Be careful when you go to through the season of spooks."

The pearl gate opened slowly; each fairy waved goodbye to the wise owl as he flew back to Enchandream Wood. Now the princesses were on their way to the human world.

The fairies were all flying together very slowly when they quickly arrived at a sign that read the words 'season of spring beginnings.' All the fairies looked below as they continued to fly and they saw the most wondrous sight of baby lambs, chicks hatching from their eggs, flowers blooming, and the happiness of Easter with humankind. Twinkle beamed from ear-to-ear as she watched the humans enjoy Easter chocolate and Easter egg hunts.

Moments later another sign appeared that read, 'summer of delights.' Just then all the fairies became very hot as they continued flying and had to slow down. Beneath their feet, they watched the humans laugh and play in swimming pools, eating ice-creams and at the seaside. Glow enjoyed seeing the humans have garden picnics among the daffodils, enjoying the bright yellow flowers as she watched from above. All the fairies were so happy and smiling to see this human world ever so cheerful.

It then began to get very dark and gloomy, the fairies started to fly through very blurry black light that made them all very afraid. Was this the season of autumn spooks that the wise owl was worried about? He seemed to think the fairies would not like this season in the human world. The fairies all stopped their flight and looked down on the humans below. Everyone was dressed up as monsters and goblins. They watched in fright and asked themselves why the humans had changed their appearance.

"I am scared," said Tinsel, holding onto her heart bracelet that Flynn had given her.

"Me too," said Twinkle. Why is the world so dark and eerie?

"Wait, look!", said brave Glitter, pointing to the humans below, "do not worry all, the humans are wearing costumes. All the fairies sighed with relief. They were very scared that this was a chilling, creepy part of the human land. They were reassured by Glitter, their courageous sister, that the humans were pretending, laughing and being entertained, all dressed up together.

"This must be All Hallows Eve,'" said Sparkle, "I heard about Halloween from the spirit bat that lives in the shadowy cave near the rabbit burrows". They all very quickly started to fly again out of this season of spooks. Moments later the fairies started to hear beautiful singing in the distance and the light tunnel journey started to flicker like a thousand fireflies.

This singing was glorious and heavenly, like angels. Then tiny snowflakes started to fall and land on the fairies' delicate wings, they were overcome with a wonderful warm feeling inside them despite the cold snow falling onto them. The fairies had only ever experienced the cold as sadness from the human world, however, this feeling was something they had never felt before.

They looked down on the human world below and saw the humans dancing and singing around an illuminated tree with music, presents, and glorious food for all.

"This must be Christmas!" said Tinsel in the most excitable and enthusiastic voice. This is the time of year where all the humans are most happy and loving, I love this".

"You're right," said Twinkle, "I believe this, as my eyes do not shed a tear."

The fairies continued flying and watched the magic that this joyful Christmas season brought to the humans. They all agreed this was their new favourite season and could not wait to be part of the magic.

Minutes later, the fairies arrived at another large silver pearl gate in the clouds. They stopped and looked up high to see how they could get past this.

"What do we do?", asked Glow, "the wise owl isn't with us now."

The fairies all tapped their little fairy chins, wondering how to open the gate.

"I know," said Sparkle, "let's all hold hands and sing our power spells. Mother said to always believe, and you shall find."

"Yes, let's try that," said Tinsel, "loving thoughts always help."

The fairies then all stood in front of the large pearl gate and all together sang their power spells of hope, courage, truth, love, and dreams. As they sang the pearl gate slowly opened. The fairies all smiled as they began to realise how strong they were if they believed in their positive powerful thoughts. As the gate opened, they saw a beam of light emerging from the very last cloud on their journey, shining down below. They all tiptoed slowly and gazed at the world below. There the fairies saw a group of dancing ballerinas.

"Look at them dancing!" exclaimed Glow.

"They are wonderful dancers," replied Twinkle.

As the fairies continued to watch the girl's ballet dancing and pointing their toes, a white feather attached to a fairy scroll fell from the final cloud that was still beaming with light. Sparkle took the fairy scroll, opened it and read the contents. It was from Selina, the queen of the fairies.

Sparkle read the fairy scroll to her sisters, it said:

"My dearest princess fairies, your journey is finally done.

You have passed the seasons bravely, yet your tasks have just begun.

The owl and I have watched you and helped you on your way.

We now want you to guide the humans, each and every day.

You are to continue dancing, as you all love so much.

Have the heart to lead them, with soul and a magic touch.

I want you to all to listen, be loyal and be kind.

Listening will discover more, believe, and you shall find."

As Sparkle ended her mother's words, the light beam from the cloud shone on the fairies and they were slowly being elevated down to the human world. The humans were getting closer and closer to them.

They found themselves in a dark room with a little light shining through small narrow gaps above them. Then beautiful dancing music began to play. They all smiled with such joy. Glitter using all her courage and on her highest tiptoes peeped slowly through the thin light gap above her and saw the little dancing humans in the ballet class above. Spinning and twirling and jumping and skipping.

The fairies soon discovered they were underneath the dancing humans that they had seen when flying overhead. They had been placed under the floor by the light beam cloud. The fairies smiled and sat peacefully in a circle with each other and rested their tired wings from their long journey from Enchandream. They crossed their legs, placed their hands on their knees, closed their eyes, and listened to the beautiful classical music.

"This will be a wonderful task," said Twinkle, "we all love to dance, and we can help the humans with our power spells to make them feel positive and happy. As they continued to settle under the floorboards of the dance studio, Selina and the wise owl watched from the Evermore tree, looking into the magical beholding hole in the trunk of the grand old tree.

"They did it!" Said the wise owl with such delight.

"I knew it!" Said Selina, as she smiled at the wise owl devotedly.

As they closed the beholding door over the magical viewing portal together, they both felt such joy knowing the fairies were safe and happy in the human world and about to begin their tasks. Selina turned to the wise owl and said. "The princesses all hold the power to make the humans happy, if they help guide and teach them the wonders of hope, courage, truth, love, and dreams, they will make fine queens one day and make the human world a wonderful place for all eternity."

Believe and you shall find

Tilly

Tilly always looked forward to Mondays. After school she attended her favourite activity and hobby, which was ballet dancing. Tilly loved dressing up in her pink tutu, tights, and ballet shoes. Her mother always dressed her hair in a neat ballet bun, so she looked like a real ballerina. Tilly arrived at her ballet studio and all her other friends were practicing their pointy toes and making sure their hair was in pretty princess buns.

Just then, the door of the dance-room opened, and a sweet lady's voice said, "Come in girls."

This was Miss North, the ballet teacher. Tilly had a very friendly and kind teacher which made class more fun and enjoyable. Tilly and her friends entered the room, skipped over to the centre of the room and they all sat down ready for the register. Tilly and her friends always sat crossed-legged like well-behaved, courteous girls.

Miss North was a very special dance teacher. From childhood, she had always believed in fairies and their magic. Her mother used to read her stories and tales about fairies and pixies which she always liked to bring into the ballet class for her dancers. Miss North wanted the dancers to be light on their feet, just like fairies and pixies and learn how to dance gracefully. Miss North told her dancers about the fairies and how they always listened. This meant for the dancers, that if the girls were too noisy or stamped their feet when they danced, they would upset the fairies and their sensitive little ears.

Miss North often told them all before class, about the magical fairies who lived under the floor in the ballet room, not knowing now that the 5 princesses have arrived, and her imagination had come true. Miss North told the girls to dance quietly as these were special fairies who looked after little girls just like them… and right now this was really happening.

Tilly started bending, stretching, twirling, and skipping, Tilly was so happy in her dance class. She always imagined that she was one of the fairies. She had a lovely idea in her mind of what they looked like.

After the final curtsey, it was time to go home. Tilly packed up her dance bag which laid on the floor, picked-up her outdoor shoes and coat and skipped out to see her Mummy. But in her happiness and excitement, Tilly had forgotten to pick up her dance bag that she had left open on the floor underneath one of the chairs in the dance room; she didn't realise she had left to go home without it. Miss North followed behind Tilly, not seeing the dance bag either, she closed the door of the dance studio.

It was then very still and quiet in the dance room. Nothing could be heard, and no one could be seen. All at once, like flickering candles, the five little fairies flew up. First was Glitter, then Tinsel, followed by Sparkle, Twinkle, and Glow.

They all stretched their wings and sprinkled their magic dust all over them so they could shimmer. Their hair in ballet buns like the dancers, they all had dresses that spun with beautiful pink dancing slippers.

"What a wonderful ballet class," said Tinsel, "all the girls were so quiet, and I loved listening to the ballet music." The other fairies nodded and smiled at each other and all started to dance just like Tilly and her friends in dance class.

Sparkle, having the power of hope, helped humans to have strength and positivity, and to never give up.

Glitter, with the power of courage, helped humans not to be afraid of anything.

Tinsel, the power of love, helped to make sure humans are kind and caring to each other.

Twinkle, the fairy of Truth, made sure that the humans never spoke untruthfully to one another. She was the most caring of the fairy sisters.

Glow, the youngest and the smallest fairy, had the biggest ambitions, she was the fairy of dreams and had the brightest wings of them all.

Meanwhile, Tilly was on her way home when suddenly she said, "Mummy, I have left my ballet bag at the dance studio!" Tilly's Mummy had to turn the car round to go back to collect it. Arriving back at the ballet studio, the car door closed with a big 'BANG!' which startled the little fairies whilst they continued enjoying their dancing.

"What was that?" Said Glow alarmed. All the fairies quickly stopped and looked with worried eyes around the dance room.

"Did you hear that too?" Said Tinsel, and all the fairies nodded with concern.

Then the dance room door slowly opened, there was no time to disappear back under the floor, it was too late, Tilly was coming in! Instead, they had to quickly find somewhere else to hide.

"Someone is coming, where can we hide?" Whispered Glow in a panic. Looking around the room, it was very empty and there wasn't anywhere to hide. Suddenly Sparkle saw an open pink ballet bag on the floor.

"In here!" cried Sparkle, and they all flew over and hid in the ballet bag.

Glow had to try hard to dim her wings as they were shining so brightly through the bag! Tilly opened the door and walked into the room, skipped over, picked up her ballet bag and skipped back out to her Mummy, not knowing the fairies were now in her dance bag. As delicate as a feather, Twinkle whispered, "What shall we do?"

"I'm scared," said Tinsel.

"Me too," said Glow, holding her sister's hand.

"Do not worry," said Glitter, trying to encourage her sisters to be brave like her.

Sparkle also replied, "all will be okay sisters, you know I have hope in everything."

Tilly and her mummy arrived back home. "I am going to practice ballet in my room before tea, mummy," said Tilly, as she took her ballet bag upstairs.

Tilly practiced her pointy-toes as the fairies listened to Tilly and all started to smile. They were all very happy with the sound of more ballet and more of the wonderful music playing. Tilly's mummy called her down for tea, and as Tilly went downstairs, the room went very quiet. Listening hard but not hearing a sound, Tinsel peeped her little head through the top of the dance bag.

"We can dance now too!" said Tinsel, as all the fairies slowly flew out one by one and looked around Tilly's bedroom.

"Wow, I like this room!" said Twinkle. "It's so pretty, there are ballerinas everywhere!"

And with delight, the fairies began to dance, bending, stretching, twirling and skipping. Not before long it began to get dark outside, and the fairies had to get ready for their magical journey back at Enchandream Wood and their work looking after all the other humans too.

Suddenly, Tilly opened the door and the fairies quickly flew back into the bag but, again, Glow's wings were shining oh-so brightly through the bag. Tilly stopped, looked on the floor, and saw a beautiful shining light through her bag, she picked up her ballet bag carefully and walked over to her pink bed. She sat crossed-legged on her bed and placed the bag on its side as she slowly looked inside.

"Fairies!" She gasped in delight, "You are fairies!"

The fairies stood very still and surprised.

"It's okay," said Tilly, "I will not hurt you, please come out." Glitter nodded her head to her sisters, and one by one the fairies flew out of the bag and greeted Tilly with a beautiful fairy smile.

Glitter, the bravest came forward and said, "Hello Tilly," with the softest delicate voice. "We are the fairies from Enchandream Wood, and we are here to help and guide you."

Tilly's eyes opened wide with amazement as Glitter began to sing her power song for her:

"I am named Glitter; I dance high on my toes;

I bring courage here for you, take it wherever you go.

Do not be afraid of anything, you have your mind and spirit.

The strength that guides you in your soul, listen, and you will hear it.

Tinsel then sprang forward with the happiest look on her face and gently sang:

"Tinsel is my name, I love to smile and am filled with so much love,

I care for those around me, in the world and stars above.,

Your friends and all your family tell them, 'I love you'.

Open your heart to love, and the wonders it can do."

Tinsel, then tapped Twinkle on the shoulder, and she tiptoed forwards and tenderly sang:

"Princess Twinkle is my name and truth is all I say,

Always say what is true and right, each and every day.

Keep your promises and mean your words, open and honestly.

Otherwise, you will regret it, and it will end in an apology."

Sparkle, the eldest of the fairies, slowly twirled with all her magic dust flowing and began to lightly sing:

"Hope is something special we need; Sparkle is here for you.

Look forward to things, be positive that all will soon come true.

Hope is found within your heart and also in your mind.

Keep believing, keep it strong and happiness you shall find."

Finally, the youngest of the fairies was Glow, with the brightest shining wings sang:

"Hello, I am wondrous Glow; I am bright like sunshine yellow.

I have lots of dreams, especially at night when I rest my head on my pillow.

I want to be the best fairy; I have the most desire you'll see.

I want you to always know, you can be anything you want to be!"

"I am truly so happy to meet you all!" Said Tilly.

"So are we," responded Glow.

"We love your dancing," replied Glitter,

Tilly and the fairies spent the next few moments talking about the wonders of Enchandream Wood, where they lived with Queen Selina. They all spoke about how they received their magical powers and all the adventures they had in the forest. Tilly was astonished by the fairies and enjoyed listening to each of their stories.

Then a little white shining feather was swaying and floating outside of Tilly's bedroom window.

Tilly saw this illumination and jumped off the bed where she and the fairies were. She opened her window, and the feather flew in gracefully to the bedroom.

"It must be a message from Enchandream," said Sparkle. She quickly held the feather and attached to it was a tiny scroll. She opened the scroll and it read:

Fairy Princesses the time has come to continue on your way,

Other humans need you now, listen to them pray.

Say goodbye to Tilly, keep her happy and strong,

Although you are with the humans now, Enchandream is where you belong.

"We must leave now, Tilly," said Glow.

"Will I see you again?" Asked Tilly, looking disappointed to see the fairies leave.

"We will listen when you dance again," said Twinkle, "us fairies love good girls who dance and remember we can always hear you."

"Yes, our powers of hope, courage, love, truth, and dreams are powered by you, if you ever feel like you are in need of one, we are here for you," said Sparkle.

One by one, the fairies waved goodbye to Tilly as they flew out of the window and into the starry night. Glow, who was following behind her fairy sisters, stopped and looked at Tilly with a big smile on her face and her wings glimmering so brightly. As she said goodbye she whispered to Tilly, "believe and you shall find Tilly, you have the magic to achieve anything."

Tilly smiled and watched the fairies flicker like candles into the night. She hoped to see the fairies again soon. Each one of the fairies and their magical tales, she would hold in a special place in her heart that she would remember forever.

And as we now end our tales from Enchandream Wood, always know that you hold the magic and power in you to achieve anything, remember to believe and you shall find hope, courage, love, truth, and dreams.

Author's thanks.

These magical tales from Enchandream is the first book in this collection. The inspiration came from a very unfortunate and devastating time of my life after losing my wonderful father to a stroke back in 2015.

I had to pack up everything, leaving my old world behind me to go and live with my grandmother, and yet through this difficult and painful time, from deep within me I found the motivation to keep myself strong, finding the light, I was able to embrace my inner strength.

The reason why I have named this story the 'The Wishing Well Collection' is due to my father. During the course of his life, he would always message me to update me about his health and inform me how he was keeping with three simple words: "all is well". Writing this tale with these three words in mind has been the comfort and support that I have carried with me and kept alongside me, a reminder of my father during difficult moments.

I realised that now this is the time where I too can inspire others during their hard moments in life. I want to be able to encourage and help others to embrace the positivity and love that each of them can achieve in any situation.

The reason behind the tales of these fairies, that you are about to meet, comes from my background as a ballet teacher. The fantasy of fairy-tales and magic came very naturally to me, and I have used it in every dance class that I have taught. It has been built into me from a child. My mother, who I also sadly lost from cancer back in 2018, was the biggest fan of fairies and enchantment that you could have ever met. Still, to this day, I adore the fairy-tale world and the fascination it brings to me.

And although my time with my parents has sadly been short-lived, I was fortunate enough to have parents that made my childhood and upbringing so dream-like and magical; without them, I would not have been able to create such a world of inspiration, imagination, and positivity that I can now share with you.

Chwaer Fawr
Blodeuwedd

Sian Northey

**Gwasg
Gwynedd**

Argraffiad cyntaf — Ebrill 2008

© Sian Northey 2008

ISBN 0 86074 247 4

Cedwir pob hawl. Ni chaniateir atgynhyrchu unrhyw ran o'r cyhoeddiad
hwn na'i gadw mewn cyfundrefn adferadwy na'i drosglwyddo mewn
unrhyw ddull na thrwy unrhyw gyfrwng, electronig, electrostatig,
tâp magnetig, mecanyddol, ffotogopïo, nac fel arall,
heb ganiatâd ymlaen llaw gan y cyhoeddwyr,
Gwasg Gwynedd, Caernarfon.

Mae'r cyhoeddwyr yn cydnabod cefnogaeth ariannol
Cyngor Llyfrau Cymru.

*Cyhoeddwyd ac argraffwyd
gan Wasg Gwynedd, Caernarfon*

I

SALLY, ELIS, AWEN AC OLWEN
A PHAWB ARALL, YN STAFF A THIWTORIAID,
Y BÛM YN GWEITHIO EFO NHW YN NHŷ NEWYDD
YN YSTOD Y PUM MLYNEDD DIWETHAF

DIOLCH

I BETHAN

AM EI HAMYNEDD A'I CHYMORTH

Tynnais y darn defnydd yr oedd y dewin wedi'i daflu ataf yn dynnach amdanaf, ac es ar fy nghwrcwd yng nghysgod y llwyn celyn. Roedd gwead y brethyn yn gras yn erbyn fy nghroen ac roedd ei arogl yn sur ac yn codi pwys arna i. Er hynny, tynnais ef yn dynnach o amgylch fy sgwyddau nes ei fod yn fy nghuddio. Do'n i ddim am i hwn fy ngweld yn noeth, ddim ar ôl be ddwedodd o.

O'r lloches fach yma ar gyrion y llannerch, gwyliais Gwydion yn mynd ati i gasglu'r ail dusw. Do'n i ddim yn deall ar y pryd, wrth gwrs, ond roedd o'n dipyn mwy gofalus y tro yma. Bob yn un y dewisai'r planhigion y tro hwn, a'r rheiny i gyd yn blanhigion efo blodau ac wedi eu torri'n lân ychydig yn uwch na'r bôn fel nad oedd mymryn o wraidd ar eu cyfyl. Wedi iddo gasglu digon, cymerodd ei amser i'w trefnu'n ddestlus, y rhai talaf yn y cefn, a gosod y lliwiau i gyd-fynd â'i gilydd. Doedd o ddim wedi mynd i drafferth fel hyn y tro cyntaf.

Trodd yn sydyn i edrych arna i. Gwthiais gudyn o wallt o'm hwyneb a rhythu'n ôl arno. Yna gwenodd y ddau ohonom ar ein gilydd am eiliad.

'Falla 'sa ti'n gwneud y tro,' meddai'r hen ŵr dan ei wynt, 'ond mae'n werth trio un waith eto.'

Ddeallais i ddim o'i eiriau wedyn. Roedd yn eu llafarganu bron, a welais i ddim yn union be ddigwyddodd. Roedd fel petai'r cyfan yn toddi ac ailffurfio. Daeth rhyw niwl oer dros bobman, ac yna, wedi i hwnnw gilio, roedd rhywun arall yn sefyll yno. Dyna'r tro cyntaf i mi weld fy chwaer.

Rhythais ar yr eneth a safai yng nghanol y llannerch. Er nad oedd gen i ddim i'w gymharu â hi, roedd yn amlwg fod yna rywbeth arbennig iawn amdani. Fi, ryw awr ynghynt, oedd wedi sefyll yng nghanol y llannerch hon, yn ofnus a gwyliadwrus, â chudynnau o wallt blêr, tywyll yn disgyn tros fy wyneb ac ambell ddeilen grin a darn o frigyn yn sownd ynddynt. Ro'n i wedi cymryd un cam petrus a llwyddo i sgriffio fy ffêr ar ddraenen. Rhoddais fy mys ar y sgriffiad rŵan a sylwi fod yr hylif coch wedi peidio â llifo.

Roedd hon yn sefyll yn yr un lle yn union – yn noeth fel yr o'n i, ond yn llawn hyder, yn gwybod ei bod yn werth edrych arni, yn gwenu wrth redeg ei dwylo dros ei breichiau gwynion, llyfnion a'i bronnau llawn. Cododd ei phen yn araf a gwenu ar y dewin, ac fe gerddodd yntau tuag ati hi. Estynnodd glogyn ysgafn, melyn iddi a'i chynorthwyo i'w osod tros ei sgwyddau.

'Gwydion, at eich gwasanaeth,' meddai, wedi iddo gamu'n ôl. Moesymgrymodd ei ben rhyw fymryn. 'Croeso i'r byd, Blodeuwedd.'

Yn bwyllog, edrychodd hi o'i chwmpas a'm gweld i'n dal yn fy nghwrcwd yng nghysgod y llwyn celyn. Gyda'i haeliau, gofynnodd gwestiwn i Gwydion.

'Honna ydi dy chwaer,' meddai yntau, 'mewn ffordd o siarad, o leia. Fel y gweli di, do'n i ddim mor . . . ' Petrusodd am eiliad ac yna gadael y frawddeg ar ei hwnner. 'Mi wyt ti, fel y doi di i ddeall, 'mach i, yn nes at berffeithrwydd.'

Estynnodd ei law iddi a dechreuodd y ddau gerdded oddi yno. Ond trodd Blodeuwedd ei phen i edrych yn ôl arna i.

'O, ia. Well i tithau ddŵad, mwn,' meddai'r dewin, ac amneidio arnaf i'w dilyn.

Cerddais ychydig gamau y tu ôl iddyn nhw. Dwi ddim yn meddwl eu bod nhw, na neb arall, yn cofio wedyn mod i wedi bod yno.

1

Hwn oedd brenin y plorod, yr un hylla, mwya amlwg erioed. A dyna lle ro'n i'n rhythu arno fo yn y drych fel tasa fy mywyd i'n dibynnu arno. Gwyliais fy ewinedd yn agosáu at ei gilydd, y croen yn dechrau cochi ac yna'n tynhau a thynhau nes, mwya sydyn, roedd y crawn melyn yn ffrwydro allan ac yn ymuno â'r darnau eraill ar y drych. Daliais i wasgu'n ofalus hyd nes gweld mai dim ond gwaed coch oedd yn rhedeg yn glir o'r twll ar fy ngên. Cymerais ddarn o hances bapur a sychu'r mymryn gwaed, ond cyn i mi gael cyfle i sychu'r drych fe ganodd cloch y drws ffrynt ac yna, yn syth ar ei ôl, fel ro'n i'n gwybod 'sa'n digwydd, daeth llais Mam,

'Cer i agor hwnna, Mali. Mae Gwyneth yn brysur yn ymarfer.'

Fel taswn i ddim yn gwybod hynny, a Handel wedi bod yn diasbedain drwy'r tŷ ers bron i awr. Nid fod telyn yn gallu diasbedain, treiddio falla, gwthio, mygu pob dim arall, fel na allwn i, na'r bobl drws nesa 'ran hynny, anwybyddu'r ffaith fod Gwyneth Haf yn ymarfer ei thelyn yn hogan dda. Taflais y darn papur gwaedlyd at y gweddill yn y fasged sbwriel a mynd i lawr grisiau i agor y drws. Llion oedd yno ac edrychodd am hir ar fy ngên cyn dechrau siarad.

'O helô, Mali. Ydi Gwyneth yma?'

Ti i fod i edrych i lygaid pobl pan ti'n sgwrsio efo nhw, Llion Jones. Ddwedais i ddim gair, dim ond pwyntio at y drws ar y chwith a gadael i Llion glywed sŵn y delyn. Gwenodd hwnnw fel tasa fo'n gwrando ar yr angylion eu hunain. Ro'n i'n gwybod y byddai Mam yn flin mod i wedi gadael iddo dorri ar draws yr ymarfer, ond ro'n i'n gwybod o brofiad y byddai fy chwaer fach yn llawer mwy blin taswn i wedi gyrru Llion Jones oddi yno, ac yntau ddim ond adref o'r brifysgol am ychydig ddyddiau. Nid fod Mam yn gwrthwynebu'r berthynas – roedd mab cyfreithiwr, hogyn bach del a chwrtais, yn plesio'n iawn. Gan ei fod o'n sefyll yno fel llo mi agorais i ddrws y stafell ac edrych ar fy chwaer yn dal ati i ganu'r delyn. Roedd o'n amlwg i mi ei bod hi'n gwybod fod Llion yn edrych arni.

'Tydi hi ar goll yn ei byd bach ei hun . . . ' medda hwnnw, gan ddal ati i wenu'n wirion. Mi drois ar fy sawdl cyn i mi ddeud y geiriau oedd yn fy mhen – rhywbeth ynglŷn â sut ei fod o'n biti na fysa rhai pobl, Llion Jones a Gwyneth Haf a bod yn fanwl, yn mynd ar goll am byth.

Es yn fy mlaen i'r gegin i wneud tost a Marmite – rhyw gysur bychan mewn byd a oedd mor annheg â gwneud i Llion, oedd ddwy flynedd yn hŷn na fi, fod yn gariad i chwaer oedd bron i flwyddyn yn iau na fi.

11

Taenais y menyn yn drwchus a'r Marmite yn denau a rhoi dau ddarn arall o fara yn y tostiwr. Dau ddiwrnod arall ac fe fyddai'r gwyliau diflas yma ar ben a phawb yn ôl yn yr ysgol lle byddai . . . lle byddai pob dim yn union 'run fath, a deud y gwir.

Teimlais gryndod y ffôn ym mhoced fy jîns a'i ateb cyn iddo hyd yn oed ddechrau canu.

'Helô, dwi'n ôl. Be ti'n neud?' Elin, oedd wedi bod yng Nghaerdydd efo'i brawd am chydig ddyddiau.

'Byta tost a Marmite, trio cofio enw'r boi 'na ar y teledu oedd yn rhoi telyna ar dân ac yn cael ei dalu am neud, a meddwl dybad ydyn nhw'n gwerthu Clearasil mewn poteli deg litr.'

'Chest ti mo dy greu ar gyfer petha fel Llion Jones,' medda honno, fel tasa hynny'n rhywbeth oedd yn dilyn yn naturiol yn y sgwrs.

'Cau dy geg. A sut wyt ti'n gwybod ei fod o yma'n glafoerio dros fy chwaer fach i?'

'Welis i o'n pasio tŷ ni. Anghofia fo – mi gest ti, fel finna, ein creu ar gyfer bywyd diddorol sydd ddim yn dibynnu ar ryw hogia. Tyd draw, mae gen i ffilm dda a lot o hanas Caerdydd.'

Fel ro'n i'n rhoi'r ffôn yn ôl yn fy mhoced, daeth Llion i mewn i'r gegin i ddeud fod Gwyneth isio gwneud rhyw hanner awr arall o ymarfer cyn cael ei hun yn barod i fynd allan efo fo. Ro'n i wedi gwneud fy siâr am y diwrnod yn agor drws iddo fo; do'n i ddim yn mynd i wneud paned iddo fo a'i ddiddanu. Pwyntiais at y tegell ac esbonio mod i ar fin mynd allan. Ac yna teimlo'n euog am fod y creadur yn edrych mor ddigalon. Ond mynd 'nes i.

Mynd i eistedd ar soffa yn nhŷ Elin trwy'r pnawn yn gwrando ar ei straeon hi a byta sothach ac edrych ar ffilm dwi ddim hyd yn oed yn cofio'i henw erbyn hyn. Ac am bedair awr, bron iawn, wnes i ddim meddwl am Llion Jones, yr ysgol na fy annwyl chwaer. Dim ond wrth gerdded adref yr es i'n ôl i'r byd bach dychmygol 'na sydd fatha ffilm yn fy mhen i weithia, ffilm lle mae pawb yn sylweddoli mwya sydyn mod i'n arlunydd anhygoel, yn awdur gwych neu'n gallu reidio beic yn ddigon da i fynd i'r gemau Olympaidd. Ac, wrth gwrs, mae pethau fel plorod a gwallt fel brwsh yn diflannu yn sgil hynna. Weithia, yn y ffilm, dwi'n gadael i Gwyneth Haf ddod efo fi i ryw noson wobrwyo ddiflas, neu mae hi'n gorfod newid olwyn beic a chael ei hun yn olew i gyd. Nid y bysa hynny, hyd yn oed, yn gwneud iawn am yr holl steddfodau dwi wedi gorfod eu dioddef tra bod hi'n cystadlu. Ond fel arfar, yn y ffilm, dwi'n ei gadael hi yn yr ysgol – lle mae chwiorydd bach i fod.

Ond i'r ysgol y bu'n rhaid i'r ddwy ohonon ni fynd ddydd Llun. Un newid yno ar ôl hanner tymor oedd y cynllun 'ehangu gorwelion'. Cynllun gwirion oedd o ym marn pawb, bron. Roedd y prifathro, yn ei ddoethineb arferol, wedi penderfynu fod yn rhaid i'r rhai oedd wedi dewis pynciau celfyddydol yn y chweched wneud un sesiwn o wyddoniaeth ymarferol bob wythnos. Ac roedd yn rhaid i'r rhai oedd wedi dewis pynciau gwyddonol dreulio un cyfnod yr wythnos yn arlunio neu'n mynychu'r grŵp darllen.

'Syniad cachu,' meddwn i, bron yn ddigon uchel i Cati Cemeg fy nghlywed. 'Taswn i isio gneud hyn am ddwy flynadd arall mi fyswn i wedi dewis gneud, yn byswn.'

Sodrais fy ngwydrau diogelwch ar gefn fy mhen – waeth i'r criw ar y fainc y tu ôl i mi gael chwerthin tra o'n i'n dal i gwyno.

'Syniad cachu fydd yn diflannu y munud y bydd yr arolwg 'ma drosodd.' Dwi'n siŵr i mi ddeud hynna mor uchel fel nad oedd gan Cati ddewis ond fy nghlywed. Falla ei bod hi'n cytuno, achos ddwedodd hi ddim byd, dim ond deud wrthon ni be i'w wneud nesaf.

'Dilynwch y cyfarwyddiadau yn y llyfr ac fe ddylech greu hylif gwyrdd golau a fydd ag arogl eitha pleserus arno. Cofiwch fesur yn ofalus a dilyn y cyfarwyddiadau yn union.'

Ac wedyn dychwelyd at y cylchgrawn roedd hi wedi'i guddio'n ofalus – wel, ddim digon gofalus, a deud y gwir – oddi fewn i bentwr o lyfrau i'w marcio. Pan gododd ei phen, roedd hi'n amlwg wedi synnu fod tri o'r pump grŵp wedi llwyddo trwy ryw wyrth i greu yr union beth roeddan nhw'n anelu ato ar y cynnig cyntaf. Ond ro'n i ac Elin a dau o'r bechgyn wedi creu rhywbeth gwahanol. Roedd ein tiwb arbrofi ni yn cynnwys hylif brown ac arogl od iawn arno.

'Wedi methu eto, Mali Jones?' Doedd 'na ddim

14

llawer o syndod yn ei llais. 'Mae'n anodd gen i gredu eich bod chi a Gwyneth yn ddwy chwaer,' meddai wedyn.

Brathais fy ngwefus am eiliad, cyn gorfodi fy hun i ateb yn ddidaro,

'Ddim methu dwi'n ei alw fo, Miss, wedi creu rhywbeth gwahanol ydw i. Damwain oedd darganfod penisilin yndê?'

A chyn iddi allu meddwl am ateb, fe aeth y gloch ac fe ddiflannais trwy'r drws gyda'r gwydrau diogelwch yn dal ar fy mhen.

Roedd fy chwaer yn dod i 'nghyfarfod ar hyd y coridor – a honno, fel arfer, gyda dau neu dri bachgen yn cerdded wrth ei hochr a'r rheiny fel tasan nhw wedi'u hudo ganddi. Wnaeth yr un ohonon ni gydnabod y llall ac fe glywais i rywun y tu ôl i mi'n dynwared Cati Cemeg:

'Mae'n anodd gen i gredu eich bod chi a Gwyneth yn ddwy chwaer.' Trois yn sydyn ond roedd hi'n amhosib deud pwy oedd y dynwaredwr.

'Tyd,' meddai Elin a rhoi ei llaw yn ysgafn ar fy mraich. 'Cinio – mae 'na gyri heddiw, o hogla petha.'

Petrusais am eiliad.

'Be sy?'

'Meddwl ddylwn i golli chydig o bwysau o'n i.'

Ond mynd a llenwi fy mol efo cyri wnes i ac yna bachu Mars o'r peiriant, a'i fwyta ar frys wrth fynd ar hyd y coridor at y wers Gymraeg. Ro'n i'n dal i flasu'r siocled a'r taffi wrth i lais yr athro lifo drosta i.

'Yn ogystal ag astudio chwedl Blodeuwedd yn niweddariad bla bla bla a'i gosod yn ei chyd-destun o fewn bla bla bla Mabiniogi bla bla bla traddodiad bla bla . . . '

'O'r nefoedd . . . ' meddyliais gan rythu allan trwy'r ffenest. Symudais fy mhen er mwyn gwneud i gornel rhyw hen sticar Radio Cymru ar y gwydr symud ar hyd amlinelliad y gwrych tu allan. Yna 'nôl i'r dosbarth mwya sydyn wrth glywed geiriau nad oedd yn rhan arferol o wers Gymraeg – a sylweddoli fod Don Dyfodol yn syllu ar fy nhraed i am ryw reswm.

' . . . felly, sgidia call, Mali, a gawn ni weld a fydd yr ymweliad, ynghyd â'r awyr iach, yn llwyddo i wneud i chi deimlo'n nes at y stori ryfeddol yma.'

Gwenais yn annwyl ar yr hen greadur ond doedd gen i ddim syniad am be oedd o'n mwydro.

'Neith newid, neith?' meddai Elin wrth i'r ddwy ohonon ni blannu mynd am giât yr ysgol.

'Be?'

'Ti'n gwrando ar rwbath mae'r annwyl Don yn ei ddeud, Mali Jones?'

'Nagdw.'

'Mae o'n mynd â ni i Gwm Cynfal i ni gael . . . ' a newidiodd Elin ei llais nes ei fod yr un ffunud â llais Donald ab Elwyn, ' . . . i ni gael ymdeimlo â rhin yr hen chwedl.'

'Dwi'n treulio wythnos yng Nghwm Cynfal bob ha' efo Nain. Does 'na ddim rhin yna, dim ond cachu gwarthag Yncl Wil a pobol ddiarth yng ngharafáns Nain yn cwyno am gachu gwarthag.'

'Weli di ddim byd newydd felly.'

2

Penderfynodd Don Dyfodol ymestyn yr ymweliad yn ddiwrnod a noson, gan ei fod o wedi cael rhyw arian grant o rywle. Trefnodd ein bod yn cael aros mewn canolfan awyr agored yn y cwm – lle bach del wedi'i greu o hen adeiladau fferm. A diolch byth, roedd hi'n braf ac fe gawson ni fore digon difyr yn mynd am dro i bob math o lefydd sy'n rhan o'r stori, a phnawn yn y ganolfan gyda bardd lleol yn creu cerddi am Flodeuwedd.

'Gwell na bod yn yr ysgol,' oedd y farn gyffredinol wrth i ni eistedd y tu allan i'r ganolfan tra'n aros am ein swper.

Erbyn i ni orffen bwyta, roedd hi'n dechrau tywyllu. Cododd Don ar ei draed wrth weld fod ambell un yn anelu i adael y stafell, a safodd yno gydag afal ar hanner ei fwyta yn ei law.

'Arhoswch funud, hogia. Dwi wedi trefnu rhywbeth difyr i ni ymhen rhyw hanner awr. Mae'r cyfarwydd Gwion Seisyllt yn dod i adrodd y chwedl i ni, felly dowch yn ôl i'r ystafell fawr erbyn wyth, os gwelwch yn dda.'

A dychwelodd at ei afal cyn iddo ddechrau troi'n frown.

'Cyfarwydd? Be 'di cyfarwydd?' gofynnodd Iwan, i neb yn arbennig.

'Cyfarwydd – *familiar*. Fatha anifail gwrach? Cath neu froga neu rwbath?' cynigiodd Kate.

''Sa hynny'n fwy difyr. Boi deud stori ydi o, fel 'sa ni'n blant bach. Dwi'n meddwl mai fo ddoth i ysgol fy chwaer – saith oed ydi hi.' Roedd llais Elin yn llawn dirmyg ac roedd ambell un arall rownd y bwrdd yn amlwg yn cyd-weld.

'Fatha 'sa ni ddim yn gallu darllan,' meddai Iwan dan ei wynt. 'Mi fedra i ddeud stori Blodeuwedd mewn tair eiliad: Lleu ddim yn gallu cael dynas go iawn, Yncl Gwydion yn gneud *living doll* allan o floda iddo fo – Blodeuwedd; honno'n cael affêr efo Gronw, Gronw'n lladd Lleu, neu o leia'n meddwl ei fod o wedi, Lleu'n dod 'nôl, Lleu'n lladd Gronw, Blod yn cael ei throi'n dylluan am fod yn hogan ddrwg. Dyna fo – dw inna'n gyfar. . . be bynnag ydi'r gair.'

Ond ymlwybro'n ôl i'r ystafell fawr erbyn wyth wnaeth pawb, a gweld yr hen hipi 'ma'n eistedd ar y llawr, ei wallt tonnog yn prysur fritho ac wedi'i glymu'n gynffon flêr hefo darn o lastig. Cadarnhawyd ofnau pawb. Beryg fod hon yn mynd i fod yn noson ddiflas.

Cododd Gwion Seisyllt ar ei draed ac yn y llais dyfnaf glywais i erioed, gofynnodd,

''Sgynnoch chi ddillad cynnas? Cerwch yn ôl i'ch stafelloedd a gwisgwch bob dim fedrwch chi, mae hi'n ddiawl o noson oer. Capia, menig, dwy jersi, peidiwch â phoeni am edrych yn secsi. Fedra i ddim adrodd stori Blodeuwedd rhwng rhyw blydi walia fel hyn, a'r union bridd y bu hi'n cerdded arno fo, y pridd y tyfodd hi ohono fo, allan yn fanna.'

Syllodd pawb arno'n syn ac fe allech chi weld y geiriau 'iechyd a diogelwch' yn ffurfio yn ymennydd Don Dyfodol.

'Cerwch, y diawlad! Dim ond heno sydd gynnon ni.'

Sgrialodd pawb yn ôl i'w llofftydd gan biffian chwerthin. Ond, yn wyrthiol, fe ailymddangosodd pawb wedi'u lapio fel nionod amryliw.

'Dyna welliant. Dowch, does dim rhaid i ni fynd ymhell.'

Ac fel pe bai'r pibydd brith ei hun wedi ein swyno, dilynodd pawb Gwion Seisyllt allan trwy brif ddrws y ganolfan ac ar hyd y lôn drol a oedd yn arwain i fyny'r llechwedd y tu ôl i'r adeilad. Donald ab Elwyn oedd ar ddiwedd y gynffon.

'Fatha'r hogyn bach cloff,' meddai Elin gan amneidio tuag ato.

'Fo geith ei adael ar ôl. Cheith o ddim dod i mewn i'r ogof hud efo'r gweddill ohonon ni,' meddwn innau, yn ei dallt hi i'r dim.

Roedd 'na leuad llawn a digon o olau ohoni inni allu gweld y ffordd yn glir wrth i'r cyfarwydd lloerig frasgamu ar y blaen. Tua hanner ffordd i fyny'r llechwedd roedd 'na ddarn o dir gwastad fel rhyw bwt o lwyfan hanner crwn yn edrych i lawr y cwm. Ar un ochr, roedden ni'n gallu gweld fod coelcerth wedi'i hadeiladu a rhywun yn sefyll yn ei hymyl fel pe bai'n aros amdanon ni. Wrth i ni agosáu, plygodd pwy bynnag oedd yno a chynnau'r goelcerth. Erbyn i ni gyrraedd, roedd y tân yn dechrau gafael go iawn, a rhwng golau hwnnw a'r lleuad, roedd hi'n bosib gweld mai merch ifanc tua'r un oed â ni oedd yno.

'Dyma fy merch ieuenga, Siwan,' meddai Gwion, gan roi ei fraich o'i hamgylch. 'Rŵan, steddwch.'

Pwyntiodd at domen o glustogau wedi'u gwneud o hen fagiau bwyd gwartheg. Gafaelodd rhywun yn un ohonynt a sylweddoli eu bod wedi'u llenwi efo gwellt.

'Ma' 'na chwain drewllyd yn rhain,' meddai rhyw lais o'r tywyllwch, ond roedd yn syndod cyn lleied o gwyno oedd 'na wrth i bawb osod eu hunain mewn hanner cylch o amgylch y storïwr. Dawnsiai'r golau o'r tân ar ei wyneb, gan wneud iddo edrych hyd yn oed yn hŷn nag oedd o, ond ddwedodd o ddim gair, dim ond sefyll yno. Gadawodd Siwan y tân a dod i eistedd wrth fy ochr i, gan fy mod i ar ben y rhes. Gwenodd braidd yn swil arna i ac Elin.

Roedden ni i gyd yn sgwrsio, yna sylweddolodd pawb fod y storïwr yn aros am ddistawrwydd.

'Welwch chi'r golau 'na draw yn fan'cw?' gofynnodd.

Trodd pawb i edrych i ble roedd o'n pwyntio ar draws y cwm.

'Dacw olau ffermdy o'r enw Llech Goronwy. Mae enw'r tŷ yna, enw oedd ar amlenni roedd y postmon yn eu danfon yno bore heddiw, yn brawf fod pob gair o'r stori dwi am ei hadrodd i chi heno yn wir, a'i bod hi wedi digwydd yn fama.'

Ddylai'r peth ddim bod yn gorfforol bosib ond aeth ei lais hyd yn oed yn ddyfnach wrth iddo ddechrau adrodd y stori.

'Roedd Lleu bellach, er gwaetha'i fam, wedi cael enw ac wedi cael arfau. Doedd yna ond un gwaharddiad ar ôl. Roedd Arianrhod, ei fam, wedi deud na châi o fyth wraig o blith y merched ar y ddaear. Ond roedd Gwydion, ei ddewyrth, yn benderfynol . . . '

Aeth y llais dwfn yn ei flaen a'r hen stori'n cael ei hadrodd eto, a'r coed yn y tân yn clecian ac yn troi'n lludw a Siwan yn taflu ambell gangen arno. Ac fe gafodd pawb, er gwaetha'r oerni a'r ffaith fod 'na rywbeth doniol yn yr hen hipi yn ei gwrcwd o'u blaenau, eu tynnu i mewn i'r stori fel na fyddwn i wedi synnu gweld cŵn hela Gronw Pebr, neu hyd yn oed Blodeuwedd ei hun, yn ymddangos yr ochr bella i'r tân. Roedden ni fel taen ni wedi anghofio fod ganddon ni boteli cwrw yn y ganolfan a'n bod ni'n edrych yn wirion yn eistedd ar glustogau bagiau bwyd gwartheg. Am awr a mwy, eisteddodd pawb yn gwrando ar ddim byd ond llais un dyn yn y nos yn deud stori.

' . . . ac felly, wrth i'r waywffon fynd drwy'r llech, y lladdwyd Gronw Pebr ar lan afon Cynfal, ac y bu i Lleu gael ei wlad yn ôl. Ac fel hyn y daw y rhan yma o'r Mabiniogi i ben.'

Heb ddeud gair arall, cododd Gwion Seisyllt ar ei draed a dechrau cerdded i lawr y llwybr at y ganolfan. Petrusodd pawb am eiliad ond yna codi a'i ddilyn. Llithrais fy mraich trwy fraich Elin a gwelais Iwan a Kate yn closio yn y tywyllwch, ond ddwedodd neb yr un gair nes ein bod yn ôl o dan olau trydan buarth y ganolfan.

Wedyn, yn sydyn, roedd pawb yn ôl yn y ganrif yma, yn cwyno nad oedd 'na signal ffôn ac yn meddwl am y crisps a'r cwrw oedd yn ein bagiau. Mae'n rhaid fod Don Dyfodol a Gwion Seisyllt wedi gwneud yr un peth gan i'r ddau fynd i eistedd wrth fwrdd yn y stafell fwyta efo gwydraid o wisgi yr un. Fe ddwedodd Don, braidd yn ddiamynedd, wrthon ni ei bod hi'n bryd i ni fynd i'n gwlâu, neu o leiaf i'n stafelloedd, a gadawyd Siwan druan ar goll braidd. Efo Elin a finnau roedd hi wedi eistedd wrth y tân, felly fe deimlais i ryw reidrwydd i'w gwahodd hi i ddod efo ni nes byddai ei thad wedi gorffen ei wisgi. Estynnais fag mawr o greision o fy mag a'u rhannu efo'r ddwy arall.

'Mae dy dad yn wych am ddeud storis. Dyna mae o wedi bod yn ei neud erioed?'

Cymerodd Siwan lond dwrn o'r creision cyn ateb.

'Dim ond ers rhyw bum mlynedd mae o wedi bod yn gneud fel hyn, ond mae o wedi bod yn deud straeon o bob math wrthan ni ac wrth ffrindia ers pan dwi'n cofio.'

Gwelais Siwan yn petruso am eiliad cyn mynd yn ei blaen fel tasa hi'n cyfaddef rhyw gyfrinach.

''Sgynnon ni ddim teledu, felly 'dan ni i gyd yn deud straeon gyda'r nos.'

'Be, ti'n gallu adrodd stori fel dy dad?' Roedd llais Elin yn llawn cenfigen a rhyfeddod.

'Yndw. Mae pawb yn ein teulu ni'n gallu deud straeon. Dwi'n cofio Taid yn adrodd rhai, ac roedd ei fam o'n wych, yn well na neb, meddan nhw. Mae 'na rai straeon dim ond ein teulu ni sy'n eu gwybod. Straeon am y cwm – 'dan ni'n byw yma ers amsar hir rŵan. Rhai na tydi Gwion . . . Dad . . . byth yn eu deud wrth bobl eraill.'

Edrychodd Siwan braidd yn ofnus, fel tasa hi'n difaru deud hyn, ond cyn iddi hi gael cyfle i boeni gormod, dyma Elin yn gofyn trwy lond ceg o gaws a nionyn,

'Deud stori wrthan ni, ta.'

Petrusodd Siwan am funud.

'Plîs,' meddwn gan lapio fy nghwilt o'm hamgylch. Do'n i ddim yn siŵr pam o'n i isio i'r ferch welw, fain yma adrodd stori i mi, ond pan does 'na ddim teledu, dim signal ffôn, a dim ond tair ohonoch chi mewn stafell . . .

'Deud un o'r straeon dydi dy dad ddim yn eu deud wrth bobl eraill,' meddai Elin, a'r mymryn lleia o her yn ei llais.

'Wel . . . ' dechreuodd Siwan. Petrusodd, ac yna, yn union fel ei thad, fe arafodd ei llais a mynd ychydig yn ddyfnach ac yn uwch ac yn dawelach yr un pryd – petai hynny'n bosib – ac fe ddechreuodd ar ei stori.

24

'Mae'r stori yma'n dechrau cyn i Gwydion greu Blodeuwedd, pan oedd o'n hel y tusw cyntaf o flodau, pan oedd o a Math fab Mathonwy yn arbrofi. Ac arbrawf oedd o, wrth gwrs. Doedd yr un o'r ddau wedi creu merch o flodau o'r blaen. Roedd y ddau'n gwybod sut ferch roeddan nhw am ei chreu – merch dlws, merch ddeallus, ddawnus, merch a fyddai'n caru ei gŵr am byth ac yn driw iddo fo. Felly fe gasglodd Gwydion dusw o bob math o flodau a dechrau . . . '

Yn sydyn agorwyd drws ein stafell heb i neb gnocio. Aeth Siwan yn fwy gwelw byth wrth weld ei thad yn sefyll yno.

'Dyna ddigon,' meddai.

Edrychodd arna i am eiliad, fel pe bai'n trio gweld o fy wyneb i faint o'r stori roedd Siwan wedi'i hadrodd. Ysgydwodd ei ben; roedd yn amlwg yn ceisio rheoli ei dymer.

'Tyd, Siwan.'

Ar adegau fel'na dwi'n falch nad oes gen i dad sydd o gwmpas lawer. Eisteddais yno'n ddistaw efo'r cwilt wedi'i dynnu'n dynn amdanaf, yn gwrando ar sŵn traed Gwion Seisyllt yn mynd i lawr y coridor, ac yna clep y drws wrth iddo fo a'i ferch adael y ganolfan.

3

Edrychodd Gwyneth a finnau ar ein gilydd ar ôl i Mam orffen esbonio. Hwn oedd un o'r adegau prin yn ein bywydau pan oedd y ddwy ohonon ni'n cytuno. Roedd ein rhesymau ni'n wahanol, efallai, ond mi roeddan ni'n cytuno – nid yng Nghwm Cynfal efo Nain oeddan ni isio treulio'n gwyliau haf. Roedd mynd yno am wythnos yn ddigon – hen ddigon; fe fyddai mis yn annioddefol.

'Ond . . . ' dechreuodd y ddwy ohonon ni efo'n gilydd fel parti llefaru. Ond cyn i ni allu mynd dim pellach, dyma Mam yn torri ar ein traws.

'Mae'n ddrwg gen i, genod, ond does 'na ddim dewis a does 'na ddim trafod. Alla i ddim gwrthod y cynnig yma i fynd i Frasil. Anti Eleri ydi fy unig fodryb, dwi'm wedi'i gweld hi ers blynyddoedd a dwn i ddim pryd ga i gyfle eto. Dach chi'n gwybod pa mor bwysig ydi o i mi.'

''Sa ni'n iawn yn fama'n hunain . . . ' dechreuais.

''Sa ni'n gallu mynd at Dad, falla?' oedd ymgais Gwyneth.

Gwenodd Mam, sydd wastad yn arwydd drwg.

'Dwi ddim hyd yn oed yn mynd i drafferthu atab hynna, Gwyneth. A na, sori Mali, dwi ddim yn eich gadael chi yma ar eich pennau eich hunain am fis. Dwi'n poeni digon mai'r unig le sydd gan Nain i chi ydi yn un o'r carafannau. A gyda llaw, Mali, dwi wedi deud y gwnei di helpu ar y maes carafannau, a Gwyneth hefyd os ceith hi amser ar ôl ymarfer.'

Gafaelodd Mam yn ei chôt i wneud yn berffaith glir fod y sgwrs ar ben.

'Does 'na ddim lle i delyn mewn carafán . . .' Un ymgais ola gen i i rwystro'r cynllun.

'Mae'r delyn yn mynd i'r tŷ, i'r parlwr bach. Roedd eich nain yn meddwl 'sa'r bobl gwely a brecwast yn mwynhau gwrando ar chydig o gerddoriaeth telyn cyn eu pryd nos. A deud y gwir, Gwyneth, dyna dy gyfraniad di am y croeso 'ti'n gael tra bo Mali'n . . .'

'Tra bo Mali'n llnau toilets,' gorffennais y frawddeg iddi a cherdded allan o'r ystafell.

Prawf o ffrind da ydi ei bod hi'n gallu gwrando ar yr un stori fwy nag unwaith heb gwyno. Rhoddodd Elin y tegell i ferwi ar gyfer ail lond mŵg o siocled poeth gan adael i mi ddal ati i refru.

'Felly gwisgo'n ddel a phlincyti-ploncio yn y gornel mae un person yn gorfod neud, tra bo'r llall i fyny at ei cheseilia mewn cachu ymwelwyr bob bore. A does yr un ohonan ni isio mynd. Welith Gwyneth ddim o Llion dros y gwylia, cha' i ddim dy weld di a gweddill y criw, a'r cwbl am fod Mam yn mynd i weld rhyw hen wraig ym mhen draw'r byd – ryw hen fodryb sydd prin wedi cadw cysylltiad efo'i theulu.'

'Hei,' torrodd Elin ar fy nhraws. 'Ydi dy nain isio ail

27

lanhawr toilets? Ti'n gwbod fod y siop chips wedi deud nad oes 'na waith i mi'r ha' yma?'

Felly, tair merch a thelyn gyrhaeddodd Gwm Cynfal ddechrau'r haf. Gosodwyd y delyn yn y parlwr bach ger yr ystafell fwyta, aethpwyd â'r merched i'r hynaf a'r pellaf o'r carafannau ac ailadroddwyd pob rhybudd a phob adduned cyn i Mam, o'r diwedd, gychwyn i lawr yr A470 i gyfeiriad Brasil.

'Cofia fi at fy chwaer fach!' gwaeddodd Nain wrth iddi fynd, ac yna troi aton ni. 'Dwi'n addo i chi, genod, 'nes i rioed ffysian fel'na efo hi,' meddai dan chwerthin. 'Rŵan cerwch i'r garafán. Dwi wedi rhoi tipyn o fwyd a ballu yno, ond gadewch i mi wybod be arall 'sa chi'n licio. Mae croeso i chi fyta yn tŷ efo ni, neu gewch chi forol dros eich hunain os ydi o'n well ganddoch chi.'

'Da ydi'ch nain,' meddai Elin wrth sbrotian trwy gypyrddau'r garafán. 'Newch chi'ch dwy roi'r gora i bwdu os 'na i bîns ar dost i ni i gyd?'

Wnes i na Gwyneth ddim trafferthu ei hateb.

'Bîns ar dost efo caws ar ei ben o, a Marmite ar y tost, a'r tost wedi'i dorri'n soldiwrs bach del . . . '

'Dwi'n mynd i gael cinio efo Nain a gweld sut acwstigs sydd yna,' meddai Gwyneth. 'Gewch chi'ch dwy chwarae tŷ bach yn fama.'

Chwerthin wnaeth Elin unwaith roedd Gwyneth wedi gadael y garafán, ond doedd gen i ddim pwt o awydd chwerthin.

'Iawn i ti, dydi? Nid dy chwaer di ydi hi. Dwyt ti ddim wedi gorfod byw ers blynyddoedd yng nghysgod Miss Perffaith sy'n meddwl ei bod hi'n well na neb.'

Atebodd Elin ddim, dim ond agor tin o fîns a'u rhoi mewn sosban i gynhesu.

Y bore wedyn, roedd y ddwy ohonan ni, y ddwy oedd yn gweithio go iawn, wrthi'n cario'r bagiau sbwriel i'r prif finiau wrth y giât, ein swydd olaf am y bore.

'Bore da, genod,' meddai llais dwfn, dwfn Gwion Seisyllt. Roedd o'n eistedd ar ben y clawdd gyferbyn, yn edrych fel corrach anferth. 'Dwi wedi'ch gweld chi'ch dwy o'r blaen . . . '

'Pan oeddan ni yma efo Ysgol y Wig,' meddai Elin. 'Fe fuoch chi'n deud stori wrthan ni.'

'Yn ein stafell ni y buodd Siwan yn . . . ' ond stopiais wrth gofio pa mor flin yr oedd o wedi bod y noson honno. Roedd yn anodd deud o'i wyneb a oedd o'n cofio, ond fe neidiodd y cyfarwydd i lawr o ben y wal, yn syndod o osgeiddig o ddyn mor fawr.

'Be dach chi'n neud yn ôl yng Nghwm Cynfal? Dach chi ddim efo'r ysgol tro yma?'

'Helpu nain Mali,' meddai Elin gan bwyntio'n ôl i gyfeiriad y tŷ fferm a'r maes carafannau.

'Felly wyres Anwen wyt ti?' Craffodd arna i am hir nes i mi ddechrau teimlo'n reit annifyr. 'Yr hyna ta'r ieuenga wyt ti?'

'Yr hyna.'

Daliodd i rythu arna i. 'Gwell . . . am wn i . . . Ydi dy chwaer fach efo chdi?'

'Ydi. Mae hi'n ymarfer ei thelyn.'

'Hogan ddawnus, dlws . . . ' ac roedd hi'n amhosib deud ai gofyn neu wneud gosodiad oedd o. Mi gefais i'r teimlad ei fod o ar fin deud mwy, ond wnaeth o ddim. Dim ond gwenu arna i.

'Wela i chi o gwmpas, genod.'

A 'run mor osgeiddig ag y neidiodd i lawr, dringodd dros y wal i'r cae a dechrau cerdded ar hyd y llwybr.

'Boi od, *creepy.*'

'Mae o'n iawn,' meddai Elin gan roi'r olaf o'r bagiau duon yn y bin mawr.

'Welist ti sut oedd o'n sbio arna i? A sut oedd o'n gwybod fod gen i chwaer fach, a'i bod hi'n dlws?'

'Dy nain wedi deud, mae'n siŵr.'

Wnes i ddim trafod mwy ar y peth efo hi ac fe gerddodd y ddwy ohonon ni o'r giât i fyny at y ffermdy i gael paned. Mi eisteddais yn fanno'n reit ddistaw gan adael i Elin sgwrsio efo Nain. Yna mi benderfynais ofyn.

'Nain?' Rhoddodd hithau'r gorau i sychu llestri am eiliad i ddangos ei bod yn gwrando – cyn ailddechrau gan fod amser yn brin. 'Ydach chi wedi sôn wrth Gwion Seisyllt am Gwyneth a fi?'

'Pwy?'

'Gwion Seisyllt, y cyfarwydd.'

'Y dyn sy'n deud storis,' ychwanegodd Elin.

'O, hwnnw. Na, dwi ddim yn meddwl. Pam?'

'Roedd o'n gwybod fod gen i chwaer fach.'

'O. Falla mod i 'sti. Dwi'n ei weld o weithia pan dwi'n llwyddo i ddengid am dro. Mae ganddo fo ferch tua'r un oed â chi.'

'Ddudsoch chi sut rai oeddan ni?' Petrusais; hyd yn oed i mi, roedd o'n swnio'n gwestiwn twp.

'Duw, dwn 'im.' Ac yna gafaelodd mewn basgedaid o ddillad a mynd allan i'w gosod ar y lein, gan adael y ddwy ohonon ni yn y gegin.

Daeth Gwyneth i'r stafell a'i holl sylw ar ei ffôn symudol. Tywalltodd baned iddi hi'i hun gan ddal ati i decstio gyda'r llaw arall.

'Llion?' gofynodd Elin.

'Ia, siŵr. Poeni fod 'na hogia eraill yma, a'r rheiny ar fy ôl i,' chwarddodd Gwyneth gan ysgwyd y gwallt hir melyn a oedd wedi'i sythu'n berffaith. Mi deimlais i'n sydyn mai'r hyn oedd gen i ar fy mhen oedd rhywbeth tebyg iawn i fag bin du wedi'i rwygo. Estynnais am un o'r sgons a oedd yn oeri ar y bwrdd.

Daeth Nain yn ôl i'r gegin.

'Ti'n llwglyd, Mali? 'Na i bicnic i chi. Gewch chi lifft efo Wil, mae o isio mynd i Sychnant, ac fe all o'ch gollwng chi ger Tomen y Mur. Mae 'na olygfa dda o ben y domen.'

A chyn i ni allu meddwl, bron, roedd y tair ohonon ni, efo llond bag o fwyd, wedi ein gollwng wrth ymyl yr hen amffitheatr Rhufeinig. Tydi o'n ddim byd ond pant fel powlen anferth yn y gwair, ac eto mae'n hollol amlwg be oedd o. Rhedais i ganol y cylch bychan gan weiddi, 'Gollyngwch y llewod! Gollyngwch y llewod!' fel y bu raid i hyd yn oed Gwyneth chwerthin ac ymuno efo Elin yn y ffug gymeradwyaeth.

'Dowch,' meddai Elin gan bwyntio draw at y domen bridd. 'Awn ni i ben fan'cw i fyta.'

Roedd yr ochrau'n serth ond roedd hi'n werth gwneud yr ymdrech. O'i chopa roedd 'na olygfa wych i bob cyfeiriad. O'n blaenau roedd Llyn Traws, clamp o lyn ac ychydig o ynysoedd ynddo, ac yna'r Rhinogydd yr ochr arall iddo. Ond yn fuan iawn, roedd Gwyneth wedi peidio edrych ar yr olygfa ac yn astudio criw bychan o bobl a oedd yn agosáu at y domen.

'Mae dy nain wedi rhoi sbeinglas yn y bag 'ma os ti isio'i ddefnyddio fo,' meddai Elin. Daliodd Gwyneth ei llaw allan a chymryd y sbienddrych heb sylwi ar y coegni yn llais Elin.

'Wel?' meddai'r ddwy ohonon ni ar ôl chydig.

'Rwbath reit ddel yn mynd am dro efo'i nain a'i daid 'swn i'n deud,' meddai, gan wthio'r sbienddrych yn ôl i'r bag a thywallt diod iddi hi'i hun.

Daeth y tri yn nes ond dim ond yr hogyn ifanc ddringodd i ben y domen aton ni – a gwenu ar Gwyneth yn syth. Ro'n i wedi gweld hyn yn digwydd dwn i ddim faint o weithiau o'r blaen. Bron nad o'n i'n meddwl pe bai gen i ddrych y gallwn i edrych arnaf fi'n hun yn diflannu.

Cyn i chi allu deud 'Dacw'r hen bwerdy niwclear', roedd Gwyneth a Gary wedi'n gadael ni'n dwy, ac wedi llithro hanner ffordd i lawr y domen gan sgwrsio a chwerthin yn eu byd bach eu hunain. A chyn i ni orffen ein pacedi creision toc wedyn, roedd Elin a finnau'n gwrando'n gegagored wrth i Gwyneth ei wahodd i'r garafán i gael bwyd efo ni'r noson honno.

'Well i mi fynd 'nôl at Nain a Taid,' meddai Gary ar ôl chydig. 'Wela i chi heno.'

Ddwedodd neb ddim byd am chydig ond fedra i ddim cadw fy ngheg wedi'i chau am hir.

'Pwynt un: carafán pawb ydi hi, mi ddylan ni drafod cael pobl ddiarth. Pwynt dau: yn ôl chdi, chwara tŷ bach ydi byta yn y garafán pan mae 'na ddigon o fwyd ar gael gan Nain. Pwynt tri : ti sy'n mynd i neud bwyd iddo fo, ia? Pwynt pedwar: lle dwi ac Elin i fod i fynd tra dach chi'n sbio'n lyfi-dyfi dros ddau blât o fîns ar dost? Pwynt chwech: be am Llion?'

'Be ddigwyddodd i bwynt pump?' gofynnodd Elin, a oedd, fel arfer, yn gweld hyn yn ddoniol iawn. Mae gan Elin chwaer fach hefyd, ond un fach iawn, un annwyl iawn, hollol normal. 'Chwara teg i'r hogan, Mali. Dim ond wedi'i wa'dd o am bryd o fwyd mae hi.'

'Diolch, Elin.'

Wel, ro'n i'n teimlo'n hollol wirion a phlentynnaidd *wedyn*, toeddwn? Ac am fy mod i'n teimlo'n wirion a heb ddim mynadd trio esbonio fy hun, mi redais i lawr ochr y domen a gorwedd yn ei herbyn yn y gwaelod.

Yr adeg honno y clywais i'r sŵn, y sŵn rhyfedda. A phan edrychais i ar draws y caeau i gyfeiriad y sŵn, roedd 'na garw'n rhedeg am ei fywyd a chŵn ar ei ôl o, tua deg ohonyn nhw, a'r cŵn oedd yn gwneud y twrw – rhywbeth rhwng cyfarth ac udo. Roedd 'na bedwar dyn ymhell y tu ôl i'r cŵn, ac un o'r dynion ychydig ar y blaen i'r lleill. Fe ddiflannodd y carw a'r cŵn i'r coed islaw, a phan drois i weld lle roedd y dynion, doedd 'na ddim golwg ohonyn nhw. Ysgydwais fy mhen mewn penbleth. Hyd y gwelwn i, doedd 'na nunlle iddyn nhw ddiflannu heblaw fod y pedwar wedi penderfynu gorwedd, neu swatio y tu ôl i wal.

'Tyd, Mali!' bloeddiodd llais Elin uwch fy mhen i. 'Mae dy ddewyrth yn y landrofyr yn canu corn!'

Dringais yn ôl at y ddwy arall.

'Welsoch chi nhw? Bechod 'de?'

'Bechod be?'

'Y cŵn a'r dynion 'na yn rhedeg ar ôl y carw. O'n i'n meddwl ei fod o'n anghyfreithlon i hela fel'na rŵan.'

'Welis i ddim byd,' meddai Gwyneth, gan duthio'n ôl ar draws y caeau i ble roedd y landrofyr yn aros amdanon ni.

'Ond mi glywist ti nhw? 'Doedd o'r twrw rhyfedda?'

'Chlywis i ddim byd. Ti'n iawn, Mali? Ti'n edrych yn welw,' holodd Elin.

Ddwedais i ddim byd wedyn, dim ond eistedd yn ddistaw yng nghefn y landrofyr yr holl ffordd 'nôl i'r fferm. Ond mi adewais i i'r ddwy arall gychwyn i fyny'r llwybr at y garafán o mlaen i er mwyn cael gogordroi am funud efo Yncl Wil.

'Ydyn nhw'n dal i hela ffor'ma?' gofynnais. Edrychodd braidd yn syn arna i.

'Wel . . . ' dechreuodd yn araf, 'mae llwynogod yn bla . . . '

'Na, nid llwynogod – hela ceirw, efo cŵn.'

'Argol fawr, nag ydyn. Does 'na ddim ceirw yma. 'Sa raid i ti fynd i ochra Dolgella . . . a does 'na neb yn . . . ' Edrychodd arna i am funud, yna rhoi clep i ddrws y landrofyr a cherdded i'r tŷ heb ddeud gair pellach.

4

Y noson honno, daeth Gary i fyny i'r garafán i gael bwyd. Roedd o'n aros ar y maes carafannau efo'i nain a'i daid – rhywun arall ddim cweit ddigon hen i aros adre ar ei ben ei hun, neu o leia ddim yn ddigon hen ym marn ei rieni. Fe fwytodd y pedwar ohonon ni efo'n gilydd a, chwarae teg, mi oedd o'n gwmni iawn, ond ro'n i ac Elin yn teimlo'n gymaint o gwsberis nes i ni wneud esgus i fynd am dro ar ôl swper.

Cychwyn i lawr y ffordd heb syniad lle roeddan ni'n mynd wnaethon ni. O leia roedd hi'n noson braf. Roedd y ddwy ohonon ni'n pwyso ar giât, yn edrych fel ffarmwrs mewn cartŵn; bron nad oedd gynnon ni ddarn o wair yn ein cegau, pan glywson ni'r llais dwfn yna.

'Sut mae'n mynd, genod?' Gwion Seisyllt wedi ymddangos o rywle. Mi fyswn i'n taeru fod y dyn yn dod o rhyw dyllau yn y llawr ac yn diflannu'n ôl iddyn nhw.

'Iawn, diolch. Sut dach chi?' meddai Elin yn gwrtais i gyd. Ond arna i oedd o'n syllu eto.

'Dy chwaer efo hogyn diarth?'

'Yndi,' dechreuais. 'Sut dach chi'n . . . '

'Mae 'na gariad arall, does?' a heb aros am ateb: 'Bob tro, 'run peth bob tro . . . Ydi Anwen yn gwybod?'

Roedd y dyn, rhaid i mi gyfaddef, yn gyrru ias i lawr fy nghefn.

'Sori, 'dan ni ar frys,' meddwn yn ddifanars a dringo dros y gamfa wrth ochr y giât. Roedd 'na lwybr uwchben yr afon ac roedd 'na rywbeth braf mewn gwrando ar sŵn y dŵr islaw ac edrych ar y pyllau a'r rhaeadrau bychain.

Dyna pryd y gwelais i nhw, wrth edrych i lawr at yr afon – Gwyneth a Gary yn gorwedd ar lecyn o wair o dan y coed, cysgodion y dail yn symud ar hyd eu cyrff a gwallt Gwyneth yn blethen hir a'r ddau yn chwerthin. Ro'n i isio edrych a ddim isio edrych chwaith. Cofiais am Elin a throi i weld a oedd hi'n fy nilyn. Roedd hi tua deg metr y tu ôl i mi erbyn hyn. Gwnes ystumiau arni i fod yn ddistaw, a llithrodd yn ofalus i lawr at lle ro'n i.

'Ia?'

'Sbia,' sibrydais, gan droi i edrych yn ôl i lawr at yr afon. Ond roedd y ddau wedi diflannu.

'Maen nhw wedi mynd!' Sibrwd i mi fy hun o'n i'n fwy na dim.

'Be oedd yna, Mali? Dyfrgwn? Roedd dy ddewyrth yn deud fod 'na ddyrfgwn yn yr afon.'

'Naci, roedd Gwy. . .' Ac yna stopiais, achos tydi Gwyneth byth, byth yn plethu ei gwallt, ac roedd gwallt y bachgen ar lan yr afon yn hirach na gwallt Gary.

'Ia, dwi'n meddwl mai dyfrgwn oedd 'na.'

'Biti,' meddai Elin. 'Dwi isio gweld dyfrgi.'

Ac yna, yn sydyn, ro'n i'n teimlo'n swp sâl, achos roedd Gwyneth a Gary yn cerdded law yn llaw ar hyd y llwybr i lawr wrth yr afon. Ac roedd Gwyneth â'i gwallt yn rhydd ac yn syth ac yn sgleinio fel arfer, ac wrth i mi edrych arnyn nhw fe redodd ei llaw yn annwyl trwy wallt byr, byr Gary.

Y diwrnod wedyn, ro'n i'n helpu Nain yn yr ardd. Mae'r ardd yn bwysig iddi gan ei bod hi'n sôn yn ei thaflenni hysbysebu, ac ar ei gwefan, fod 'na lysiau organig ar gael ar y fferm. Roedd Elin wedi cael ei gadael i orffen llnau cawodydd y maes carafannau. Wrthi'n chwynnu'r pys wrth ochrau'n gilydd, heb ddeud llawer o ddim oeddan ni, ond mi o'n i'n gallu teimlo fod Nain isio deud rhywbeth. Fel pe bai 'na rywbeth y tu mewn iddi'n swnian isio dod allan, fel ci yn crafu'r drws isio mynd i'r ardd. Dyma hi'n troi ata i,

'Wil yn deud dy fod ti wedi gweld y cŵn hela?'

'Do, ond doedd o . . . '

Torrodd Nain ar fy nhraws:

'Mae'n gallu dychryn rhywun ar adega, dwi'n gwybod, ond falla 'i bod hi'n fraint hefyd, 'sti.' Bron nad oedd hi'n deud y darn ola wrthi hi ei hun.

'Be dach chi'n feddwl?'

Ond edrych ar ei horiawr wnaeth hi.

'Argol, sbia faint o'r gloch ydi hi. Rhaid i mi adael yr ardd 'ma fel mae hi am heddiw.'

Ac ro'n i'n gwybod mai dyna ddiwedd y sgwrs, neu ei diwedd hi am y diwrnod hwnnw, o leiaf. Bron nad o'n i'n falch; do'n i ddim yn hollol siŵr o'n i isio deud wrth neb be welais i wrth yr afon.

Fe ddaeth Gary i fwyta efo ni y noson honno hefyd. Roedd ei weld o a Gwyneth yn gwenu ar ei gilydd drwy'r adeg yn ddigon i godi pwys ar rywun. Mi ganodd ffôn Gwyneth ar ganol y pryd, ond dim ond edrych pwy oedd yn galw ac yna ei ddiffodd wnaeth hi. Edrych ar ein gilydd wnes i ac Elin ond dwi'n gwybod bod y ddwy ohonon ni wedi meddwl yr un peth.

Llion, druan.

Roedd hi wedi bod yn ddiwrnod poeth, poeth ac roedd hi'n dal yn gynnes gyda'r nos.

'Oes 'na rywun awydd mynd i nofio?' gofynnodd Elin. 'Roedd eich ewyrth yn deud fod y pwll mawr yn yr afon yn ddigon saff.'

Ro'n i wedi gafael mewn gwisg nofio a lliain cyn i Elin orffen clirio'r llestri oddi ar y bwrdd, ond symudodd y ddau arall ddim, ddim i nôl dillad nofio nag i glirio llestri. Dim ond gwenu ar ei gilydd a gadael i'w bysedd symud yn ddamweiniol yn nes ac yn nes ar draws bwrdd bychan y garafán.

'Gad y llestri 'na, Elin. Mi 'nawn ni nhw ar ôl dod 'nôl, neu efallai neith . . . '

Ond penderfynu peidio â gwastraffu fy anadl wnes i.

Fe fuo bron i ni droi'n ôl o'r pwll wrth weld fod

rhywun arall yn nofio yno'n barod. Yna fe gododd y person o'r dŵr ac eistedd ar graig ar y lan ochor draw.

'Sbia, Siwan ydi hi,' meddai Elin.

Mae'n rhaid ei bod hi wedi ein nabod ninnau gan iddi neidio'n ôl i'r dŵr a nofio ar draws i'n cyfarfod ni.

'Roedd Dad yn deud eich bod chi o gwmpas. Wedi dod i nofio dach chi?'

'Ydi o'n oer?' gofynnais.

Ysgydwodd ei phen. Ac roedd Siwan yn iawn, roedd y dŵr yn gynnes braf ar ôl holl haul y dydd. Roedd y pwll yn ddwfn hefyd, ac yn ddigon mawr i allu nofio'n iawn ynddo. Ar ôl ychydig, fe adewais y ddwy arall yn chwarae fel plant bach yn neidio oddi ar graig fechan i'r dŵr, a gorwedd ar fy nghefn a gadael i mi fy hun nofio allan i ganol y pwll. Efo fy nghlustiau o dan y dŵr do'n i ddim yn eu clywed yn iawn, a'r cwbl ro'n i'n ei weld oedd awyr las, un cwmwl bychan gwyn a chydig o ddail y goeden dderw oedd yn tyfu ar y lan.

Hanner clywed lleisiau'r lleill o'n i ond mi wnes i sylwi ar ôl chydig mod i'n clywed llais bachgen hefyd. Mi gymerais i mai Gary a Gwyneth oedd wedi dod i lawr at yr afon, ond roedd hi mor braf yng nghanol y pwll yn fy myd bach fy hun fel nad oedd gen i ddim mynadd symud. Edrychais ar y dail uwch fy mhen – roedd o'n od, ond wrth i mi ganolbwyntio ar y dail, roedd y lleisiau fel petaen nhw i'w clywed yn gliriach – a hynny er bod fy nghlustiau'n dal o dan y dŵr.

Roedd lleisiau bachgen a merch i'w clywed yn gliriach na'r gweddill ac fe glywais lais fy chwaer yn deud:

'Does dim rhaid i hyn ddod i ben, 'sti. Mi ffindia i ryw ffordd i ni gael bod efo'n gilydd. Mae'n rhaid bod 'na ryw ffordd o gael gwarad ohono fo.'

Ac am yr ail waith y diwrnod hwnnw dyma'r geiriau 'Llion druan' yn mynd trwy fy mhen.

Yna llais y bachgen.

'Os ti'n siŵr, os ti'n berffaith siŵr.'

'Ydw – hen bryd i mi benderfynu rhywbeth drostaf fi fy hun yn y byd 'ma.'

Yna roedd rhywun yn tasgu dŵr yn ysgafn dros fy wyneb. Does 'na byth lonydd i'w gael, nagoes? Trois ar fy mol i nofio tuag at y lan gan ddisgwyl gweld y pedwar ohonyn nhw'n chwerthin. Ond dim ond Siwan ac Elin oedd yna.

'Lle aeth Gwyneth a Gary mor sydyn?'

Edrychodd y ddwy yn od arna i.

'Be ti'n feddwl? Maen nhw'n dal yn y garafán am wn i.'

'Ond mi glywais i leisia . . . ' Petrusais am eiliad, ond roedd y lleisiau wedi bod mor glir, rown i'n wirion i amau fy hun. 'Dwi'n siŵr mod i wedi clywed llais bachgen.'

Roedd yn amlwg o wyneb Elin ei bod hi'n meddwl mod i wedi'i cholli hi'n llwyr. Edrychais ar Siwan. Bron na fyswn i'n deud fod Siwan yn edrych yn ofnus, ond y cwbl ddywedodd hi oedd:

'Doedd 'na neb yma, 'sti Mali. Dim ond ni'n dwy.'

Roedd hi'n dechrau oeri rŵan ond dwi ddim yn meddwl mai dyna pam o'n i'n groen gŵydd i gyd mwya sydyn. Brysiodd y tair ohonon ni i sychu a gwisgo a gadael yr afon. Lle roedd y llwybr yn fforchio, fe fynnodd Siwan fynd adref, er i ni ei gwahodd i'r garafán.

'Dwi'n meddwl fod ganddi ofn y tad od 'na sydd ganddi,' meddai Elin.

'Falla,' atebais, ond do'n i ddim yn gwrando go iawn. Ro'n i'n dal i feddwl am y lleisiau glywais i. Ro'n i'n hollol sicr mod i wedi bod yn gwrando ar lais fy chwaer. Mor sicr ag yr o'n i wedi bod y diwrnod cynt mod i'n edrych ar fy chwaer ar lan yr afon efo'i chariad.

Roedd Gwyneth yn y garafán pan gyrhaeddon ni 'nôl, ar ei phen ei hun am unwaith. Bwyta siocled Flake yr oedd hi. Hi a'r hogan yn yr hysbyseb ydi'r unig rai yn y byd sy'n gallu bwyta'r peth gwirion yna heb gael siocled ar hyd eu dillad a'u gwallt a phob tamaid o bapur pwysig yn y stafell, a heb fynd yn dew na chael plorod.

'Gary newydd fynd,' meddai. 'Dach chi'ch dwy isio panad? Dwi'n berwi'r tegiall.'

'Diolch,' meddai Elin, gan edrych arna i cystal â deud, 'Sbia, tydi hi ddim mor ddrwg â hynny.'

Ond mi ro'n i'n gwybod o brofiad mai cynllwynio rhywbeth fydd Gwyneth pan mae hi'n glên fel 'na. Neu'n teimlo'n euog. Dwi'n ei chofio hi'n rhoi ei holl Smarties coch i mi, ei hoff rai, a finnau wrth fy modd nes i mi weld bod fy mocs paent newydd sbon wedi'i ddifetha'n llwyr, a lliw du ym mhob un o'r sgwariau bach amryliw. Chwech oed oedd hi'r adeg honno.

Rwy'n cofio bod yn genfigennus. Ei gweld hi'n cael pob dim roedd hi ei eisiau – unrhyw beth ac unrhyw un. Roedd hwn, hefyd, yn amlwg wedi'i hudo'n llwyr ganddi. Wnaeth hi ddim byd ond cynnig croeso iddo pan oedd o'n hela carw wrth ymyl y llys, dim byd ond cynnig pryd o fwyd. Wedyn, pan oedd hi'n torri bara roedd o'n rhythu ar ei dwylo; pan oedd hi'n yfed gwin doedd o'n gwneud dim ond syllu ar ei gwefusau. Roedd hi'n gwbl amlwg i bawb beth fyddai'n digwydd.

Wedi iddo adael, cefais gip ar ochr arall iddi. Efallai mai fi oedd yr unig un oedd yn llawn sylweddoli pa mor unig a digalon oedd hi ar ôl iddo fo, ei gŵn hela a'i ddynion ddychwelyd i Benllyn. Ond do'n i, hyd yn oed, erioed wedi ei gweld hi'n wylo o'r blaen. Dim ond unwaith y ceisiodd hi esbonio i mi y gwacter mawr oedd ynddi hebddo, sut roedd tamaid ohoni'n meddwl amdano bob eiliad o'r dydd, a chymaint roedd hi'n ysu am ei weld o eto. Dywedodd y byddai'n fodlon gwneud unrhyw beth er mwyn cael bod yn ei gwmni.

Gyda gweddill merched y llys, chwerthin am y peth fyddai hi. Gwyddai pawb am y garwriaeth, wrth gwrs, fel mae pobl mewn llys yn siŵr o wybod pob dim am bawb.

'Rhywbeth difyr i'w wneud am dair noson,' meddai hi

wrth ei morynion. 'Am mod i wedi cael y cyfle. Gwyddwn yn iawn mai rhywbeth dros dro fyddai o.'

A'r rheiny'n gwirioni eu bod nhw'n forynion i wraig oedd â'r fath afael dros ddynion. A hithau'n hollol sicr y bydden nhw'n cadw ei chyfrinach. Cadw'r gyfrinach wnes innau am ryw reswm.

Ond doedd gen i fawr o amynedd gyda hi ar y pryd. Bellach, rwy'n difaru na fyddwn i wedi ei hannog i adael y llys a mynd gydag o i Benllyn, yn lle aros gan feddwl fod modd cael pob dim mae rhywun ei eisiau mewn bywyd.

5

Mi ganodd fy ffôn i yn gynnar y bore wedyn, pan oedd y tair ohonon ni'n bwyta brecwast yn y garafán. Er syndod i mi, Llion oedd yna.

'Sori i dy styrbio di, Mali. Meddwl falla fod Gwyneth yn cael trafferth efo'i ffôn. Fysat ti'n gallu rhoi neges iddi?'

'Gei di siarad efo hi dy hun, Llion. Mae hi'n fama wrth 'yn ochr i.'

A pasiais y ffôn i Gwyneth. Wnes i ddim cynnig codi iddi gael mynd heibio i mi a chynnal y sgwrs y tu allan i'r garafán chwaith. Ond doedd o ddim yn ei phoeni hi o gwbl, ac mae'n rhaid i mi gyfaddef ei bod hi'n actores dda. Tydi o ddim syndod ei bod hi'n cael ei dewis ar gyfer prif ran pob drama ysgol tra dwi'n is-is-feistres y gwisgoedd, neu'n goesau ôl camel. Unrhyw swydd lle nad oes isio gwneud penderfyniad na bod efo pwt o hunanhyder.

'Faint o'r gloch? Mi fydd hi'n grêt dy weld ti. Signal yn sâl yn y twll lle 'ma.'

Ac yna gwenu ar Elin a finnau gan gymryd yn ganiataol y byddai'r ddwy ohonon ni'n ei chynorthwyo efo'r twyll. Doedd o'n poeni dim ar Elin, ond dwi'n dda i ddim am ddeud c'lwyddau a dwi ddim yn licio cymhlethdodau fel'na. Dwi ddim yn gallu creu straeon nag actio; dwi'n hollol ddiddychymyg, fel mae pawb wedi'i ddeud wrtha i rioed. Oherwydd hynnny, am wn i, y gwnes i ddiflannu ar fy mhen fy hun y pnawn hwnnw. Y munud y gwelais i gar coch Llion yn dod i fyny'r allt tuag at y fferm, mi rois fy sgidiau am fy nhraed, darn o siocled yn fy mhoced a dechrau cerdded ar hyd y llwybr cyhoeddus sydd yn cychwyn o ben pellaf y maes carafannau.

Do'n i ddim wedi bod ar hyd y llwybr yma o'r blaen a wyddwn i ddim i ble roedd o'n arwain. Nid ei fod o lawer o bwys gen i, dim ond isio mynd i rywle arall o'n i.

Digon anwastad oedd y llwybr, ac roedd angen canolbwyntio ac edrych lle ro'n i'n rhoi fy nhraed. Efallai mai dyna pam mai'r arogl y sylwais i arno gynta, cyn i mi eu gweld. Mae cymaint â hynna o eifr yn drewi. Roedd y mwya ohonyn nhw, clamp o beth mawr, gwyn efo cyrn anferth, wedi'i glymu reit ar ochr yr afon wrth ochr ryw gafn roedd Yncl Wil yn ei ddefnyddio i fwydo defaid. Mi oedd 'na rywbeth annifyr iawn am y peth. Dwi wedi darllen am *cults* ac am bobl yn cam-drin anifeiliaid, ac mi oedd gen i wirioneddol ofn be fyddwn i'n ei weld. Ac eto, fedrwn i ddim mynd oddi yno. Mynd i nôl Yncl Wil neu Nain fyddai wedi bod yn gall, ond fedrwn i ddim, dim ond cuddio o'r golwg ac aros ac edrych. Ro'n i'n poeni mod i'n mynd i weld y bwch gafr druan yn cael ei aberthu. Roedd 'na deimlad mor gryf ynof fi mod i'n mynd i weld rhywbeth erchyll – fel pan mae cerddoriaeth ffilm yn newid: er nad oes 'na ddim byd ofnadwy yn digwydd ar y sgrin, mae'ch bol chi'n dynn i gyd am eich bod chi'n gwybod fod 'na rywbeth dychrynllyd yn mynd i ymddangos unrhyw funud.

Doedd 'na ddim cerddoriaeth i'w glywed fan hyn, wrth gwrs, dim ond rhai o'r geifr yn brefu. A doedd 'na neb i'w weld ar eu cyfyl. Ond mwya sydyn, fe ymddangosodd bachgen a merch, Gwyneth a . . . Naci, nid Gwyneth, ond y ferch a welais yn caru wrth yr afon. Roedd hi efo bachgen arall y tro yma, nid hwnnw oedd yn gorwedd wrth ochr yr afon efo hi. Ac unwaith eto, er mod i'n gallu gweld yn iawn y tro yma nad Gwyneth oedd hi, roedd 'na damaid arall ohona i'n hollol sicr mai edrych ar fy chwaer yr o'n i.

Fe gerddodd y ddau at y bwch gafr a dechreuodd y ferch ei fwytho. Yna dwedodd rywbeth wrth y bachgen, rhywbeth wnaeth iddo chwerthin. Mae'n rhaid ei bod hi'n ei herio i wneud rhywbeth gwirion achos roedd o'n dal i chwerthin wrth iddo roi un droed ar gefn y bwch gafr druan a'r llall ar ymyl yr hen gafn rhydlyd. Safodd yno a'i freichiau ar led fel pe bai'n esgus hedfan. Dyna pryd y digwyddodd o. Mae'n rhaid bod rhywun wedi cuddio yr ochr arall i'r afon, neu o leia dwi'n meddwl mai o fanno y daeth y waywffon. Gwaywffon yn union fel rhywbeth allan o ffilm *Zulu*. Fe drawodd hi'r bachgen yng nghanol ei stumog. Wealis i o'n disgyn ac yn gorwedd ar y llawr. Dwn i ddim lle roedd y ferch erbyn hyn.

Codais ar fy nhraed, a heb falio a fyddai pwy bynnag daflodd y waywffon yn fy ngweld, rhedais. Ar ôl rhai munudau, stopiais i chwydu, ac yna, heb hyd yn oed sychu fy ngheg, ailddechreuais redeg fel rhywbeth ddim yn gall ar hyd y llwybr garw. Daliais i fynd rownd y gornel, cyn llithro ar garreg oedd yn fwsog i gyd a tharo'n syth i mewn i Gwion Seisyllt.

Ro'n i'n mynd ar ffasiwn wib nes iddo faglu yn ei ôl rhyw fymryn. Ac eto, bron nad oedd o fel pe bai'n barod i fy nal. Am un eiliad fe groesodd fy meddwl mai fo daflodd y waywffon, cyn sylweddoli na fyddai'n bosib iddo fod fan hyn rŵan ac yn cuddio yr ochr arall i'r afon funudau ynghynt.

'Be sy'n bod? Be sy wedi digwydd i ti, Mali?' holodd, gan afael yn fy sgwyddau a ngorfodi i edrych arno.

Bron i mi drio ysgwyd fy hun yn rhydd a dal ati i redeg. Rhedeg i Frasil at Mam pe gallwn i. Ond ei ateb o wnes i.

'Mae 'na hogyn wedi'i ladd. Efo gwaywffon. Mi daflodd rhywun hi . . . Ac mae'r hogan yn dal yna yn rhywle . . . I fyny fanna lle mae'r geifr i gyd.'

'Geifr?' Gofyn fel 'sa hynny'n beth pwysig, a finnau wedi gweld rhywun yn cael ei ladd. 'Tyd i ddangos i mi, Mali.'

'Na, mae isio nôl plismyn, mae isio . . . ' Wyddwn i ddim be oedd isio'i wneud, a deud y gwir, ond yn sicr, nid mynd â Gwion Seisyllt yn ôl yno oedd y peth pwysica.

'Tyd.' Dim ond gafael yn fy llaw oedd o, ond roedd ei afael mor gryf ac mor dynn nes mod i'n hollol sicr na allwn i fod wedi dod yn rhydd. Er mod i'n teimlo'n swp sâl trois yn ôl i fyny'r llwybr. Wnaeth o ddim llacio'i afael, ond erbyn hynny fi oedd yn ei dynnu o. Ro'n i isio gwneud hyn mor sydyn â phosib ac yna mynd oddi yno. Ro'n i isio mynd yn ôl at Nain ac at Elin, ac roedd gen i'r ysfa ryfedda i weld Gwyneth.

Ac yna stopiais yn stond. Ro'n i'n ôl yn yr union fan lle gwelais i'r bachgen a'r ferch a'r geifr a'r waywffon. A doedd 'na ddim geifr, dim ond un ddafad yn pori'n dawel. A lle ro'n i'n disgwyl gweld corff, doedd 'na ddim byd ond glaswellt. Roedd yr hen gafn bwydo defaid yno, ond dim byd arall. Am eiliad, credais mod i'n clywed y mymryn lleiaf o arogl y geifr, ond dyna'r cwbl. Ac efallai mai dychmygu hynny ro'n i.

'Yn fanna . . . roedd 'na . . . '

Gollyngodd Gwion fy llaw ac edrych arna i. Ac fe wylltiais innau.

'Welis i nhw. Bob dim ddudis i! Mi ddigwyddodd. Mi 'nes i 'i weld o'n digwydd!'

'Dwi'n ama dim na welist ti o, Mali fach. Ac yn sicr fe ddigwyddodd.' Oedodd am funud cyn mynd yn ei flaen. 'Ond falla 'sa'n well peidio sôn wrth neb.'

Syllodd y ddau ohonon ni ar y darn tir ger yr afon.

'Mi fysa'n anodd iawn i ti berswadio neb fod rhywun wedi cael ei ladd efo gwaywffon yn fanna bora 'ma. A dy fod ti wedi gweld gyr fawr o eifr. Dwi ddim yn meddwl y gwelith neb ddafn o waed, na hyd yn oed y mymryn lleia o faw gafr yn fanna heddiw.'

Ac fe wyddwn i yr eiliad honno fod Gwion Seisyllt yn iawn. Wrth i'r ddau ohonon ni ddal i edrych, cododd aderyn ysglyfaethus o ochr bella'r cafn bwydo defaid. Pan o'n i'n fach, ro'n i'n galw pob deryn felly yn eryr. Dwi'n gwybod rŵan nad oes 'na eryrod yng Nghymru, ond roedd hwn yn amlwg yn rhywbeth arbennig.

'Dyna i ti rwbath na weli di mohono fo'n aml,' meddai Gwion, fel tasan ni wedi newid sianel ar y teledu o raglen dditectif i raglen natur. 'Hebog tramor, prin. Ond ro'n i'n ama falla y bysan ni'n ei weld o heddiw.'

Cylchodd yr aderyn uwch ein pennau unwaith cyn diflannu ar wib tua'r mynydd. Rhythodd Gwion ar ei ôl am amser hir. Ymhell wedi i'r hebog ddiflannu roedd yn dal i edrych ar yr awyr. Yna, yn sydyn, trodd fel pe bai wedi cofio amdana i.

'Well i ti fynd at dy chwaer. Synnwn i ddim na fysa hi'n falch o dy weld.'

Ddwedais i ddim gair arall wrtho fo, er i ni gerdded tuag at y fferm efo'n gilydd. Ro'n i'n rhy brysur yn trio penderfynu o'n i am ddeud wrth bobl be welais i. Ac fel tae o'n gallu darllen fy meddwl, yr unig beth arall ddwedodd o wrtha i, wrth i ni wahanu, oedd,

'Fyswn i ddim, taswn i'n chdi. Neith o ddim gwahaniaeth, newidith o ddim byd. Digwydd neith o.'

Go brin y byswn i wedi cael cyfle i ddeud dim byd

wrth neb beth bynnag. Geiriau cyntaf Gwyneth pan welodd hi fi oedd,

'Dwi'n falch dy fod ti'n ôl.'

Ac fel tae hynny ddim yn ddigon o sioc, doedd hi ddim yn edrych cweit mor dlos ag arfer. Roedd hi'n edrych yn flerach – ac yn iau, rhywsut. Fe gymerodd funud neu ddau i mi sylweddoli be oedd y rheswm am hynny – roedd hi wedi bod yn crio. Trois at Elin.

'Mae Llion wedi cael damwain,' meddai honno.

Teimlais yn swp sâl, a dwi'n meddwl mai'r adeg honno y gwnes i sylweddoli mor hoff o'n i o Llion. Sylweddoli mod i'n hoff ohono fo fy hun, nid dim ond cenfigennu wrth Gwyneth am fod ganddi gariad oedd yn dipyn o bishyn. Aeth Elin yn ei blaen,

'Roedd Gary'n . . . '

Ond torrodd Gwyneth ar ei thraws.

'Nid bai Gary oedd o, ddim i gyd. Roedd 'na fai arna i hefyd.'

'Dwi ddim yn meddwl, Gwyneth,' meddai Elin.

Ysgydwais fy mhen a gafael yn nrws y garafán fel pe bai'n rhaid i mi brofi i mi fy hun mai yn fanno ro'n i. Bron nad o'n i angen i rywun ddeud wrtha i mai Mali Jones o'n i.

'Newch chi ddeud wrtha i be sydd wedi digwydd? Lle mae Llion? Ydi o'n iawn?'

'Mae o yn yr ysbyty. Dydan ni'm wedi clywed sut mae o eto, ond roedd o'n edrych yn uffernol, ac roedd 'na waed, lot o waed.'

Sylwais am y tro cyntaf fod 'na chydig o sbotiau coch ar grys Gwyneth.

Rhwng y ddwy mi ges i wybod, fwy neu lai, be oedd wedi digwydd. Roedd Llion a Gwyneth wedi mynd i mewn i un o'r siediau mawr, lle roedd Gary'n eistedd ar dractor Yncl Wil. Penderfynais nad oedd 'na unrhyw bwrpas gofyn *pam* ei fod o ar y tractor, ac yn sicr nad oedd dim pwynt sôn am beryglon peiriannau ar fferm. Rywsut, fe ollyngodd Gary y brêc ar y tractor nes bod hwnnw wedi llithro'n ei ôl.

'Y tractor mawr efo'r sbeic i gario bêls,' ychwanegodd Elin, nes mod i bron â chyfogi eto.

Gwelodd hithau'n syth be oedd yn mynd trwy fy meddwl.

'Naddo siŵr, neu 'sa fo wedi marw, bysa? Cael ei wthio i'r ochr yn erbyn darnau pigog o'r corlannau defaid wnaeth o. Dyna oedd yr holl waed. Ond mae o wedi torri'i fraich, dwi'n siŵr.'

'Mi fuest ti'n lwcus iawn,' meddwn i wrth Gwyneth.

Atebodd hi ddim, dim ond edrych allan trwy ffenest y garafán. Yn sydyn, cododd ar ei thraed a mynd allan. Roedd Gary'n cerdded i fyny'r llwybr at ein carafán ni. Edrychodd Elin a finnau drwy'r ffenest ar y ddau'n cofleidio'i gilydd, yna'n cerdded law yn llaw at y ddwy siglen ar gyfer plant bach.

'Eang ei chwaeth,' meddai Elin.

'Be?!'

'Rwbath ddudodd Mam am rywun rywbryd,'

esboniodd Elin. 'Golygu nad dim ond ryw un teip arbennig mae hi'n licio.'

Ac roedd hi'n iawn, doedd gan Gwyneth ddim un math arbennig o fachgen roedd hi'n ei hoffi. Neu o edrych arni ffordd arall, roedd hi'n denu pob math o fechgyn. Ond roedd hi'n od ei gweld hi efo Gary, yn dal a main a thywyll, a finnau wedi arfer ei gweld hi gymaint efo Llion. Ac wrth edrych ar Gary'n ymbalfalu ym mhoced ei siaced am ei sigaréts ro'n i'n amau na fysa Mam yn gwirioni gymaint efo'r cariad diweddara 'ma. Er, synnwn i ddim na fysa Gary, mewn dim o dro, yn gallu gwneud i Mam chwerthin hefyd.

Mi ddylwn i fod wedi rhybuddio Lleu. Nid mod i'n gwybod yn union beth oedd hi'n mynd i'w wneud. Ond ro'n i'n gwybod yn iawn ei bod hi'n cynllwynio rhywbeth, yn mynd i gael gwared ohono rywsut neu'i gilydd. Ond fyddai o ddim wedi gwrando arna i. Roedd o'n addoli'r ferch, wedi gwirioni'n llwyr, yn fodlon gwneud beth bynnag roedd hi'n ei ofyn iddo rhag ofn iddo'i cholli. Iddo fo, roedd hi'n angyles berffaith, a dydw i ddim yn meddwl ei fod o'n gallu dychmygu y gallai hi fod â syniad drwg yn ei phen.

Nid fod bai arno am hynny, roedd hi wedi'i chreu ar ei gyfer, i fod yn rhywbeth a allai ei blesio ym mhob ffordd. Nid bai Lleu oedd o ei bod hi'n digwydd plesio dynion eraill hefyd.

Na, fyddai o byth wedi gwrando arna i. Weithiau, ro'n i'n amau a oedd o hyd yn oed yn gwybod pwy o'n i, yr hogan ddi-siâp, ddistaw oedd yn ei ddilyn o bell o gwmpas y llys. Honno oedd yn fodlon gwneud unrhyw fân swydd er mwyn cael bod wrth ei ymyl.

Ond mi ddylwn i fod wedi ceisio ei rybuddio.

6

Roedd yn rhaid i mi sôn wrth rywun am weld y bachgen yn cael ei ladd. Ac ro'n i'n eitha sicr ei fod o wedi cael ei ladd, er na welais i gorff. Ond do'n i ddim isio i Elin na Gwyneth feddwl mod i'n drysu. Roedd o'n ddigon mod i fy hun yn dechra amau mod i'n drysu. Gweld a chlywed pethau sydd ddim yna go iawn ydi drysu, yndê? Y cŵn hela, y ddau'n caru wrth yr afon, y lleisiau pan o'n i'n nofio a rŵan y bachgen yn cael ei drywanu – ro'n i'n bendant wedi'u gweld a'u clywed. Ond ar yr un pryd ro'n i'n amau'n fawr na fyddai neb arall wedi gallu eu gweld. Roedd 'na rywbeth yn digwydd i mi, ac ro'n i isio iddo fo stopio.

Weithiau, mae'n haws sgwrsio am bethau anodd efo rhywun dach chi ddim yn ei nabod mor dda â hynny, ac mae 'na rai pobol sy'n dda am adael i bobl eraill siarad. Un felly ydi Siwan. Mae hi'n eistedd yn ddistaw ac yn gwrando, a dyna'r cwbl wnaeth hi'r diwrnod hwnnw pan wnes i ddechrau bwrw mol efo hi. Unwaith ro'n i wedi gweld nad oedd hi'n mynd i chwerthin nag wfftio na dychryn, doedd 'na ddim stop arna i. Bron nad o'n i'n dychryn fy hun.

'Ti'n gweld, Siwan, nid yn gymaint gweld y petha 'ma sy'n ofnadwy, ond yr hyn dwi'n ei deimlo ar y pryd. Dwi ddim hyd yn oed yn siŵr mai fy nheimlada i ydyn nhw.'

'Sut ti'n teimlo, felly?'

'Dwi'n gwybod mod i'n edrych ar fy chwaer. Hwnna ydi'r teimlad cryfa.'

Edrychodd Siwan arna i am chydig.

'Ti'n sylweddoli darna o pa stori ti'n weld, dwyt, Mali?'

Edrychais arni am funud. Roedd yr hen Don Dyfodol wedi llwyddo i bwnio rhywbeth i fy mhen i (efo chydig bach o help gan Gwion Seisyllt). Mi ro'n i'n gwybod mai stori Blodeuwedd ydi'r unig gofnod, yn yr holl fyd am wn i, o ddyn, dyn gwirion iawn, yn sefyll efo un droed ar gefn bwch gafr a'r llall ar ochr cafn.

'Dwi'n gweld darna o stori Blodeuwedd, tydw?' Ro'n i'n sibrwd. Tydi o ddim y math o beth dach chi isio'i ddeud yn uchel rywsut, nagydi? "Helô pawb. Dwi'n cracio i fyny ac yn dechra gweld darna o'r Mabiniogi yn dod yn fyw o flaen fy llygaid i!" Y peth nesa dach chi'n wybod, dach chi'n dechra cyfri blew ar gledr eich llaw, yn meddwl eich bod chi'n gallu hedfan ac yn coelio mewn dynion bach gwyrdd o'r blaned Zat.

'Wyt,' meddai Siwan, fel tasa fo'r peth mwya cyffredin yn y byd. 'Ti'n gweld stori Blodeuwedd.'

Eisteddodd y ddwy ohonon ni heb ddeud gair am chydig. Ond roedd Siwan yn amlwg yn meddwl yn galed.

'Hyd yn hyn,' meddai, 'ti'n eu gweld nhw yn y drefn iawn yn y llefydd iawn.'

'Wel . . . ' dechreuais.

'Wyt. Mi welist ti gŵn hela Gronw Pebr pan oeddat ti yn Mur y Castell.'

Gwelodd mod i'n ei hamau hi.

'Mur y Castell, Tomen y Mur – 'run lle,' meddai. 'Ac yna mi welist ti Blodeuwedd yn caru efo Gronw, a wedyn eu clywed nhw'n cynllwynio i gael gwared o Lleu. Ac yn ola, ti wedi gweld Lleu yn cael ei ladd pan mae o efo un droed ar fwch gafr a'r llall ar gafn. Er, wrth gwrs, tydi o ddim yn cael ei ladd yn y chwedl – cael ei droi'n eryr mae o.'

Ro'n i'n gallu teimlo fy hun yn mynd yn welw. Er mai peth bach iawn oedd o, roedd hynna, am ryw reswm, yn un cyd-ddigwyddiad yn ormod.

'Anghofis i ddeud, do. Pan es i'n ôl yna efo dy dad, welson ni rhyw dderyn mawr, rwbath tebyg i eryr.'

Ddigwyddodd 'na ddim byd od am ddyddiau wedyn. Roedd pob dim ro'n i'n ei weld yn bethau roedd pawb arall yn eu gweld. Bron nad o'n i'n ymlacio ac yn gallu anghofio am y peth. Yr unig beth gwahanol i'r arfer oedd fy mod i ac Elin wedi mynd efo Gwyneth i weld Llion yn yr ysbyty. Roedd ei fraich o'n mendio'n reit ddidrafferth, medda fo – crac oedd o, dim toriad.

'Rhain maen nhw'n poeni amdanyn nhw,' meddai, gan godi côt ei byjamas i ddangos lle cafodd o'r holl friwiau ar ei ochr. Roedd yn amlwg nad oedd hyd yn oed y rhai bychain yn mendio'n iawn; roeddan nhw'n goch ac yn llidus, a chydig o grawn melyn yn dod o ambell un. Roedd yn gas gen i feddwl sut olwg oedd ar y rhai o dan y bandej. Wnaeth Gwyneth ddim hyd yn oed edrych, a throi i ffwrdd yn syth wnaeth Elin. Do'n i rioed wedi meddwl am fynd i nyrsio, ond yn sydyn ro'n i'n gallu gweld apêl edrych ar ôl rhywun, tynnu a rhoi rhwymyn bob dydd, gwneud yn siŵr eu bod yn gyfforddus . . .

Chydig iawn oedd o'n ei gofio am be ddigwyddodd yn y sied, ac yn sicr doedd o ddim isio sgwrsio am y peth. A deud y gwir, doedd 'na ddim llawer o hwylia siarad arno fo, beth bynnag. Roedd ei ewyrth o wedi dod a gêm wyddbwyll iddo fo, a chan mai fi oedd yr unig un arall oedd yn gallu chwarae gwyddbwyll, dyna fues i'n ei wneud tra oedd y ddwy arall yn sgwrsio efo'i gilydd. Cael fy nghuro'n rhacs wnes i, a dim ond wedyn y gwnaeth o gyfaddef ei fod o yn y clwb gwyddbwyll yn y brifysgol.

'Rhaid i ni gael gêm arall rywbryd, Mali,' meddai efo gwên wrth i ni fynd am y drws. 'Doedd hi ddim mor hawdd â hynny i dy guro di.'

'Pyjamas hen daid!' meddai Gwyneth y munud oedden ni allan yn y coridor. Ddwedais i ddim byd. Be oedd hi'n ddisgwyl iddo fo wisgo? Bocsars Calvin Klein a dim byd arall, mae'n debyg. A deud y gwir roedd y pyjamas streips a'r gwely sbyty wedi fy atgoffa i o ryw hen ffilm ryfel. Ffilm lle mae'r arwr, sydd wedi cael ei glwyfo wrth fod yn anhygoel o ddewr, yn syrthio mewn cariad efo'r nyrs, neu efo'r ferch sydd yn ymweld â'r claf yn y gwely agosa. Ond wnes i ddim sôn am hynny wrth 'run o'r ddwy arall.

Roedd Gary yn dal o gwmpas a phawb, rywsut, yn derbyn ei fod o a Gwyneth efo'i gilydd bellach. A neb yn licio gofyn be oedd yn digwydd efo Llion. Ond dyna fo, roedd Llion yn yr ysbyty a neb yn ei weld. Er, mi ges i decst ganddo fo'r diwrnod wedyn yn deud 'Mc3'. Wnes i ddim dallt yn syth ond, wedi sylweddoli mai symudiad gwyddbwyll oedd o, mi yrrais i 'e3' yn ôl. Ro'n i'n benderfynol mod i'n mynd i ennill hon.

Ac yna fe ddaeth Siwan draw i'r garafán rhyw fin nos a chynnig deud stori.

'Dach chi'n cofio'r stori 'na 'nes i ddechra'i deud wrthach chi'ch dwy y noson oeddach chi yma efo'r ysgol? Meddwl falla y bysa chi'n licio'i chlywed hi i gyd.'

'Reit,' meddai Elin, ein mam ni oll. 'Gad i ni neud hyn yn iawn.'

Aeth i gynnau canhwyllau, rhoi creision yn ddel mewn dysgl a thynnu caniau o'r oergell.

'Iawn,' meddai. 'Gei di ddechra rŵan, Siwan.'

A dyna'r tro cyntaf i mi glywed am Deilwen, y ferch gafodd ei chreu gan Gwydion cyn iddo greu Blodeuwedd. Y ferch oedd ddim cweit yn ddigon da, yr arbrawf cyn creu Blodeuwedd. Rhan fechan oedd ganddi yn y chwedl ond yr un oedd y stori. Fel y dwedodd Siwan,

'Yno yn edrych ar ei chwaer oedd hi, yn gwylio be

oedd yn digwydd iddi ac yn methu gneud dim byd i newid petha.'

Ac wrth i Siwan ddeud y frawddeg yna y gwnes i sylweddoli. Roedd yn rhaid i mi godi a mynd allan o'r garafán. Cerddais am sbel heb hyd yn oed sylwi ei bod hi wedi dechrau bwrw glaw. Yna, yn sydyn, trois yn ôl. Do'n i ddim isio bod ar fy mhen fy hun. Pan o'n i ar fy mhen fy hun yr o'n i'n gweld pethau, yn gweld darnau o'r stori. Do'n i ddim isio bod yn ôl yn y garafán efo Siwan a'i stori wirion ond do'n i ddim isio bod ar fy mhen fy hun, chwaith, rhag ofn.

Be oedd yn fy nychryn fwya oedd fy mod i ar adegau yn teimlo be deimlodd Deilwen.

Mynd yn ôl at y lleill wnes i.

'Ti'n iawn, Mali?' holodd Elin wrth i mi ddod yn ôl i mewn yn wlyb diferol.

Ac wrth iddi hi daflu lliain ata i, fe wnaeth llais call fy ffrind imi ddychwelyd i'r byd go iawn, byd lle nad oes 'na ddim na all gael ei esbonio gan rywun ar raglen deledu.

Trois at Siwan yn flin.

'Tydi hynna'n ddim byd ond stori wirion wedi'i chreu gan eich teulu chi, nagydi? Stori mae dy dad wedi'i chreu rhyw gyda'r nos ddiflas am ei fod o'n rhy od neu'n rhy grintachlyd i brynu teledu fel pawb arall.'

Atebodd Siwan ddim, a phrin yr o'n i'n sylweddoli fod y tri arall yn edrych arna i'n gegagored wrth i mi fynd yn fy mlaen.

'Petasa 'na Ddeilwen, mi fyddai rhywun arall yn gwybod amdani. Mi fyddai Don Dyfodol wedi sôn, mi fydda'r hanas mewn rhyw lyfr yn rhwla. Mae'r Mabinogi yn bod ers cannoedd – miloedd, dwi'm yn gwbod – o flynyddoedd, a does 'na neb arall wedi sôn am y Deilwen 'ma.'

'Chwara teg, Mali . . . ' dechreuodd Gary.

Chynhyrfodd Siwan ddim, dim ond edrych arna i a deud yn dawel,

'Taswn i wedi awgrymu'r syniad wrthach chdi cyn adrodd y stori, mi fysat ti wedi fy wfftio i. Ro'n i isio deud y stori a gadael i ti sylweddoli dy hun. Ond ti'n meddwl 'run peth a fi, yn dwyt?'

Atebais i ddim. Ro'n i'n dallt be oedd ganddi, ac yn gwybod ei bod hi'n iawn. Neu o leia roedd tamaid bach ohona i'n derbyn y peth. Roedd darn arall isio mynd adre ac isio i ryw feddyg clên roi tabledi i mi, tabledi a fyddai'n fy rhwystro rhag gweld pethau nad oedd yna go iawn. Ond do'n i ddim yn deall o gwbl pam mai fi oedd yn gweld hyn i gyd. Pam fi? Do'n i ddim isio gweld dim ohono fo. Doedd gen i ddim gymaint â hynny o ddiddordeb yn y chwedl yn y lle cynta.

'Planed Daear, y byd go iawn, yn galw Siwan a Mali,' dechreuodd Elin. 'Newch chi'ch dwy esbonio wrth bawb arall am be dach chi'n fwydro?'

'Ia, plîs, dwi'n hollol conffiwsd,' meddai Gary.

Eisteddais ac edrych ar y glaw yn taro yn erbyn ffenest y garafán. Doedd neb yn deud gair rŵan, dim ond disgwyl i mi ddeud rhywbeth, a'r unig sŵn oedd y glaw yn disgyn ar do'r garafán. Aeth y syniad gwirion trwy fy mhen y byddai hi wedi bod yn bwrw glaw yng Nghwm Cynfal pan oedd Deilwen yn byw yma hefyd, ac na fyddai ganddi hi gôt law.

Roedd pawb yn dal i edrych arna i.

'Dach chi'n cofio pan welis i'r cŵn hela'n rhedeg ar ôl y carw wrth Domen y Mur?'

'Ia, ond doedd 'na ddim . . .' dechreuodd Gwyneth.

Anwybyddais hi a mynd yn fy mlaen. Trois at Elin, 'A phan welis i'r dyfrgwn?'

'Ia?'

'Wel, nid dyfrgwn welis i. Ac mi wnes i glywed lleisiau wrth yr afon . . .'

Roedd 'na waith esbonio. Lot mwy o waith esbonio wrth y tri yma nag oedd wrth Siwan. Falla am eu bod nhw, neu o leia Elin a Gwyneth, yn meddwl eu bod yn fy nabod i – Mali, hen hogan iawn, cês, sy'n gweld pethau fel y maen nhw, hogan sydd heb bwt o ddychymyg, wrth gwrs, ac yn chwerthin ar ben y rhan fwya o bethau. Falla am nad oedd y ffin rhwng straeon a'r byd go iawn mor denau iddyn nhw ag ydi o i Siwan.

Ond efo chydig bach o help gan Siwan, fe wnes i lwyddo i esbonio pob dim. Dwi'n meddwl fod Elin yn reit boenus amdana i, a phrin y dwedodd Gwyneth air. Ar ôl gwenu fel ffŵl a dechrau chwerthin – nes iddo gael penelin gan Gwyneth – roedd Gary yn syndod o glên a chall.

'Aros funud rŵan, dwyt ti'm wedi gweld dim ers yr adeg wnest ti feddwl dy fod ti . . . ' Cywirodd ei hun wrth weld fy wyneb ' . . . ers pan welist ti'r bachgen yn cael ei drywanu wrth yr afon?'

'Naddo.'

'Wel, falla mai dyna ddiwadd y peth. Mae o'n ddiwedd un rhan o'r stori, 'tydi? Does na'm byd yn deud na fedar pob dim aros yn fanna ac y ceith y ddau gariad fod efo'i gilydd am byth.'

'Efallai dy fod ti'n iawn, Gary,' meddai Siwan.

Ond ro'n i'n gwybod, ac yn sicr roedd Siwan yn gwybod, nad yn fanna mae'r cyfarwydd yn deud, 'Ac fel hyn y daw y rhan yma o'r Mabiniogi i ben.' Mae rhywun yn gorfod marw'n gynta. Ond wnaethon ni'm deud hynny.

Roedd Gwyneth wedi bod yn ddistaw iawn. Er syndod i mi, doedd hi ddim yn wfftio nag yn chwerthin ar fy mhen ond ddwedodd hi ddim byd nes i Gary adael y garafán. A'r gair cyntaf ddwedodd hi oedd,

'Diolch.'

Roedd hynny ynddo'i hun yn ddigon i wneud i Elin a finnau wrando arni hi.

'Diolch am beidio dal ati o flaen Gary.'

'Be ti'n feddwl? Roedd Gary'n iawn am y peth, doedd?' meddai Elin.

'Wel, oedd . . . ,' ac am unwaith roedd Gwyneth fel tasa hi'n ansicr o'i hun, 'ond dwi ddim yn meddwl ei fod o wedi dallt yn iawn. Dwi ddim yn meddwl ei fod o wedi gweld be sy'n digwydd, be neith – be fedar ddigwydd.'

'Ti'n gneud llai o synnwyr na Mali a Siwan efo'i gilydd, Gwyneth,' meddai Elin gan ysgwyd ei phen. Ro'n i'n amau y byddai'n well ganddi hi anghofio am yr holl sgwrs.

Ond ro'n i a Siwan yn gwrando ac aeth Gwyneth yn ei blaen.

'Dach chi ddim yn sylweddoli? Pan mae Mali'n gweld . . . ' a gwnaeth ystum dyfynodau efo'i bysedd cyn mynd yn ei blaen. 'Pan mae Mali'n gweld Blodeuwedd efo bachgen arall, dwi efo Gary. Pan glywodd hi'r lleisiau, ro'n i a Gary'n digwydd bod yn trafod . . . ta waeth. A phan welodd hi Lleu yn cael ei drywanu, mae Llion yn cael damwain.'

Nefoedd, meddyliais, pan mae gen i broblem go iawn ac angen sylw a help gan ffrindiau, mae'n rhaid i hon fynnu'r sylw i gyd iddi hi ei hun. Mae'n rhaid iddi hi gael honni mai Blodeuwedd ydi hi, mai hi ydi seren y sioe. A finnau'n ddim byd ond rhyw is-gymeriad a oedd, fwy na thebyg, wedi'i greu gan Gwion Seisyllt pan oedd o'n brin o stori ryw noson. Ro'n i ar fin deud hyn pan welais i wyneb Siwan.

'Felly, os ydi Mali yn gweld mwy o'r stori, yn gweld diwedd y stori, mi fydd rhywbeth ofnadwy yn digwydd i Gary? Dyna ti'n drio'i ddeud, Gwyneth? Bod gen ti ofn i Gary gael ei ladd?'

Roedd Elin wedi cael llond bol go iawn erbyn hyn.

'Ac mi fyddi di'n troi'n dylluan, Gwyneth, ac yn

hedfan i ffwrdd i fod ar dy ben dy hun am byth! Ha, ha. Rhowch gora i hyn, newch chi? 'Sa well gen i chwara efo bwrdd *ouija*.'

Mae o'n cymryd tipyn i wylltio a dychryn Elin, ond roedd hi'n amlwg ein bod ni wedi llwyddo i wneud y ddau yr un pryd. Edrychodd y tair arall ohonon ni ar ein gilydd, a heb ddeud dim, penderfynwyd gadael y sgwrs i fod. Neu o leia gadael iddi fod am y noson honno.

Ond roedd yr holl beth yn corddi yn fy mhen i ac roedd hi'n hwyr iawn arna i'n mynd i gysgu y noson honno. Er mod i'n flin efo hi, mwya'n y byd ro'n i'n meddwl am yr hyn ddywedodd Gwyneth, mwya oedd gen i ofn ei bod hi'n iawn – bod 'na rywbeth uffernol yn mynd i ddigwydd i Gary. Ac yna, y munud nesa, ro'n i'n meddwl mai lol oedd yr holl beth, a hyd yn oed yn dechra amau mod i wedi dychmygu'r cyfan.

7

Mae pob dim yn edrych yn well yn y bore, tydi? Wel, ddim pob dim, falla – dwi ddim yn rhy hoff o edrych yn y drych peth cynta'n bore, ond dach chi'n gwybod be dwi'n feddwl. Mae'r pethau rhyfedda fel taen nhw'n bosib yng ngolau cannwyll. Ac mae 'na bethau sy'n gallu ymddangos yn ddychrynllyd ganol nos, pan mai chi ydi'r unig un sy'n effro, ond rywsut, pan dach chi'n bwyta tost a marmalêd neu'n llnau'ch dannedd yn y bore, tydyn nhw'n ddim byd ond 'ffrwyth dychymyg', fel y bysa Don Dyfodol yn ei ddeud.

Ond ro'n i wedi penderfynu peidio â chrwydro ar fy mhen fy hun am chydig. Jest rhag ofn. Doedd 'na ddim un o'r pethau od wedi digwydd yng nghwmni pobl eraill. Dyna pam wnes i gynnig mynd efo Nain i'r fynwent. Roedd pawb arall wedi mynd i rywle – Elin i gael cinio efo'i brawd oedd ar ei ffordd o'r gogledd i'r de, Gwyneth a Gary wedi mynd i lan môr Harlech, ac Yncl Wil mewn sêl. Felly, yn hytrach na bod ar y fferm ar fy mhen fy hun, mi wnes i wahodd fy hun ar y trip fynwent. Despret, yn do'n?

Distaw iawn oedd Nain wrth yrru at y fynwent. Ro'n i'n dechrau teimlo mod i wedi bod yn ddigywilydd yn gwahodd fy hun i fynd efo hi. Ac eto pam ddyliwn i?

Roedd bedd ei rhieni hi'n fedd fy hen nain a fy hen daid i, ac ro'n i wedi bod â blodau ar y bedd efo Nain o'r blaen, bob haf a deud y gwir. Felly fe drois i'r chwith heb betruso wrth fynd drwy giât y fynwent. Ddwedodd Nain ddim byd a wnes i ddim sylweddoli am chydig ei bod hi wedi cymryd y llwybr i'r dde. Trois ar fy sawdl a rhedeg ar ei hôl. Erbyn i mi ei chyrraedd, roedd hi'n penlinio wrth fedd diarth i mi ac yn clirio'r llanast oddi arno. Cyn i mi gael cyfle i ddarllen be oedd wedi'i sgwennu ar y garreg, gafaelodd yn y pot blodau a'i basio i mi.

'Cer i roi dŵr yn hwn, nei di Mali? Mae'r tap yn fancw wrth y wal.'

Wnes i ddim brysio. Dwi'n gwybod mod i'n gallu ymddangos yn ddifeddwl weithiau, ond roedd o'n amlwg fod Nain isio amser ar ei phen ei hun wrth y bedd yma, pwy bynnag oedd wedi'i gladdu yno. Cymerais fy amser, gan ddarllen y cerrig beddau a oedd wrth ochr y llwybr. Od 'tydi, rhai pobol wedi byw am ddim ond wyth diwrnod a phobol eraill wedi byw am wyth deg o flynyddoedd, a phob un efo enw a rhywun yn rhywle yn ddigalon eu bod wedi marw. Ro'n i wedi llwyddo i wneud fy hun yn reit ddigalon erbyn i mi gyrraedd yn ôl at Nain efo'r dŵr.

'Diolch,' meddai gan ddal ati i dwtio. Fe wnaeth hi hyd yn oed sychu rhyw fymryn o faw deryn oddi ar y garreg efo cadach o'i phoced.

Darllenais y sgrifen ar y garreg:

Gruffydd Bowen
Bu farw trwy anffawd
yn 23 mlwydd oed
Gorffennaf 27ain, 1949

'Oedd o'n perthyn i ni, Nain?'

'Nag oedd, tad. Er, falla y bysa fo tasa fo wedi cael byw. Cariad Leri oedd o.'

'Be? Anti Eleri Brasil?'

'Ia. Mae pawb wedi bod yn ifanc rhywbryd, 'sti! 'Nes i addo i Leri y byswn i'n edrych ar ôl y bedd. Roedd o'n hen hogyn iawn. Doedd 'na ddim byd y byswn i wedi gallu'i neud . . . '

Gadawodd y frawddeg ar ei chanol a chanolbwyntio ar osod y blodau yn y potyn. Unwaith yr oedd hi'n fodlon, cododd, yn araf braidd, a cherdded at fainc heb fod ymhell o'r bedd. Tynnodd fflasg fechan a bocs bwyd plastig o'i bag. Roedd yn rhaid i mi wenu; byddai Nain yn paratoi ar gyfer y daith leia fel tasa hi'n mynd i ben yr Wyddfa.

'Coffi?' gofynnodd, gan dynnu cwpan arall o'r bag. Bron nad o'n i'n disgwyl i fwrdd picnic efo lliain bwrdd sgwariau coch a gwyn ymddangos. Roedd yn amlwg ei bod hi am eistedd a siarad.

'Ti'n gwybod pan welist ti'r cŵn yn hela'r carw wrth ymyl Tomen y Mur y diwrnod o'r blaen? Dwyt ti ddim wedi gweld dim byd arall od, naddo Mali?'

Oedais. Bron nad o'n i'n gallu gweld pethau yn gosod eu hunain ar glorian yn fy meddwl:

– deud y gwir neu ymddangos fel taswn i'n drysu?

– gobeithio bod gan Nain esboniad neu deimlo'n euog mod i'n poeni hen wraig efo'r ffasiwn lol?

– o'n i isio siarad am y peth neu do'n i ddim isio siarad am y peth?

Ac yna sylweddolais fod y ffaith fy mod i'n cymryd cyn hired i ateb wedi ateb y cwestiwn.

'Wel, be ti wedi'i weld? Lle wyt ti wedi cyrraedd?'

Roedd ceg Nain yn gwenu ond roedd ei llygaid hi'n boenus, ac mi fues i'n troi fy nghoffi efo llwy blastig am hir iawn cyn dechrau siarad. Dim ond deud yn syml be o'n i wedi'i weld wnes i. Wnes i ddim sôn gair am syniadau Gwyneth a Siwan, dim gair am stori Deilwen,

'A dach chi'n gwybod be, Nain?' gorffennais. 'Ddim dyna sy'n fy nychryn i fwya. Y peth sy'n ofnadwy ydi sut dwi'n teimlo. Mae 'na betha yn fy meddwl i sydd ddim yn rhan ohona i. Dwi'n teimlo mod i'n . . . '

Stopiais, roedd y peth i'w weld mor wirion, do'n i ddim isio'i ddeud o, ddim hyd yn oed rŵan, ar ôl deud pob dim arall wrthi.

' . . . dy fod ti'n edrych ar dy chwaer.'

'Sut . . . sut dach chi'n gwybod?'

'Mae o wedi digwydd o'r blaen, Mali. Nid chdi ydi'r gynta. A dwi'n hollol siŵr nad y fi oedd y gynta chwaith.'

Mi gymerodd eiliad i mi ddallt be roedd hi wedi'i ddeud. Heb feddwl, fe blygais y llwy blastig yn fy llaw nes iddi dorri'n ddau. Aeth Nain yn ei blaen.

'Fe ddigwyddodd i mi cyn i Leri fynd i ffwrdd. Mae 'na rai yn credu fod 'na chwaer fawr wedi bod, na lwyddodd Gwydion i . . .'

Torrais ar ei thraws.

'Dwi'n gwbod, Nain. Mae Siwan wedi deud y stori yna.'

'Mi ddyla'r Gwion 'na ddysgu pryd a lle i agor 'i geg, a phryd i'w chadw hi wedi cau. Ond os wyt ti'n gwbod . . .'

Oedodd am funud, cymryd darn o fara brith o'r bocs a chynnig darn i mi.

'Wnes i ddim deud wrth neb be o'n i'n ei weld. Ddim tan yn ddiweddar iawn. Mae o wedi cymryd amser hir i mi dderbyn na allwn i fod wedi gneud dim byd i newid petha, i dderbyn nad arna i oedd y bai. Nad y fi achosodd i Gruff farw.'

Rhoddodd ei braich am fy ysgwydd, a tydi Nain ddim yn berson sy'n rhoi mwytha yn aml.

'Dwi ddim isio i chdi deimlo'n euog o gwbl os . . . os neith 'na rwbath ddigwydd. Dydi hi ddim yn bosib newid y stori.'

Gwenodd arna i. Gwên drist.

Mwya sydyn, do'n i ddim isio i Llion ddod o'r ysbyty. Tra oedd o yno, roedd y chwedl yn aros yn ei hunfan.

Ar ôl y sgwrs honno, ro'n i'n gwenu bob tro y byddwn i'n cael neges ffôn efo symudiad gwyddbwyll ynddi. Yr unig obaith oedd gen i, hyd y gwelwn i, oedd y byddai Llion yn aros yn yr ysbyty tan ddiwedd y gwyliau, yn aros yno nes fy mod i wedi gadael Cwm Cynfal.

A deud y gwir, ro'n i'n dechrau cael llond bol go iawn ar Gwm Cynfal. Felly, pan ddaeth Siwan draw i ddeud fod y Clwb Ffermwyr Ifanc lleol yn trefnu bws i gìg yng Nghaernarfon, a bod 'na le i ni os oeddan ni awydd, ro'n i wrth fy modd. Do'n i ddim yn arbennig o hoff o'r grŵp, ond fe fyddai'n newid, ac yn golygu cael mynd o'r cwm am noson.

Un o'r pethau dwi ddim yn eu licio am y grŵp ydi eu harferiad o wneud rhyw sioe wirion yn y nosweithiau. Yn fy marn i, os ydi'ch cerddoriaeth chi'n ddigon da, dach chi ddim angen stynts. Y noson honno, roeddan nhw wedi perswadio gŵr lleol i ddod i mewn efo'i aderyn ysglyfaethus dof tra oeddan nhw'n canu cân sâl iawn o'r enw 'Eryr yr Esgimo'. Ond roedd y deryn yn werth ei weld. Safai ar fraich y dyn yn hollol dawel, er nad oedd ganddo fwgwd, ond roedd yn amlwg ei fod o'n gwylio pob dim. Ar ôl bod ar y llwyfan fe gerddodd y dyn o gwmpas y stafell, gan adael i bawb edmygu'r deryn ar ei fraich. Dwi'm yn gwbod sut lwyddodd o i berswadio'r bobl iechyd a diogelwch fod hynny'n ddiogel, ond roedd y deryn yn berffaith hapus. Yna aeth y ddau at y bar i godi diod.

Roedd Gwyneth a Gary yn y blaen yn rhywle yn dawnsio i bob cân araf, ac roedd Elin wedi mynd i'r tŷ bach, felly dim ond y fi a Siwan oedd yn eistedd wrth fwrdd yng nghefn y stafell.

'Gawn ni'n dau eistedd efo chi'ch dwy?' gofynnodd

llais y tu ôl i ni. Y dyn â'r deryn! 'Mae'n well iddo fo fod yn rhywle cymharol dawel,' eglurodd.

'Ga i?' gofynnais gan estyn fy llaw i gyffwrdd y plu bendigedig. Ond yr eiliad y cyffyrddais y plu aeth y stafell yn gwbl ddistaw, heblaw am un llais o'r llwyfan yn canu'n ddigyfeiliant, rhywbeth am dderwen. Do'n i ddim yn gwrando'n iawn oherwydd nid plu ro'n i'n eu teimlo. Ro'n i'n teimlo croen, ac o dan y croen ro'n i'n teimlo esgyrn. Dwi'n siŵr mai dim ond am eiliadau y parodd y peth cyn i sŵn y stafell ddod yn ôl ac i mi deimlo llaw Siwan ar fy mraich a'i chlywed hi'n gofyn,

'Ti'n iawn, Mali?'

Gwenodd perchennog y deryn.

'Lemonêd nesa, dwi'n meddwl.' Ond doedd o ddim yn ei ddeud o'n gas.

'Dduda i wrthach chdi wedyn,' sibrydais wrth Siwan. Ac yna, mewn ymdrech i actio'n normal,

'Mae o'n dlws. Be 'di enw fo?'

Cymerodd y dyn lwnc da o'i gwrw,

'Lleu. Dach chi'n gwybod stori Blod. . . '

'Ydw, gwbod hi'n iawn,' torrais ar ei draws.

'Sori.'

Codais innau fy sgwyddau mewn rhyw fath o ymddiheuriad iddo yntau.

'Wedi bod yn ei 'studio hi yn yr ysgol. Wedi cael llond bol arni hi, wir.'

Eisteddodd Siwan wrth fy ochr ar y bws ar y ffordd adref.

'Be ddigwyddodd i chdi efo'r deryn 'na?'

'Dim byd. Wel, na, 'di hynna'm cweit yn wir . . . '

Esboniais am y teimlad od ro'n i wedi'i gael wrth gyffwrdd y plu.

'Ond fysa Deilwen ddim 'di gweld hynna. Fysa hi ddim yna pan aeth Gwydion i chwilio am Lleu a chael hyd iddo fo ar ffurf eryr – a'i droi'n ôl yn ddyn a hwnnw'n ddyn gwael a thenau . . . '

'Ocê, ocê, dwi'n gwbod y blydi stori, Siwan. Dwi 'di cael llond bol ar y blydi stori!'

Ac eistedd mewn distawrwydd wnaeth y ddwy ohonon ni'r holl ffordd 'nôl i Gwm Cynfal.

Clywais fod Gwydion wedi cael hyd iddo. Ac nad oedd o'n ddim ond croen ac esgyrn, fy ngwas annwyl i. Ac yntau wedi bod yn ddyn mor olygus. Cefais ganiatâd i fynd i Gaer Dathl i weini arno. Ac roedd hi mor drist teimlo'r esgyrn trwy'r croen lle roedd cyhyrau wedi bod. Fe fyddwn i wedi rhoi'r byd am allu gwneud pob dim yn iawn iddo fo, ei wneud o'n iach ac yn hapus. Ambell ddiwrnod, fe fyddai'n gwenu arnaf ac yn diolch, a minnau wedyn yn gwenu trwy'r dydd; ddyddiau eraill, doedd o'n sylwi dim arnaf fi.

Ond hyd yn oed pan oedd o ar ei wannaf, roedd fflach yn ei lygaid o hyd. Gwyddai ei fod yn nwylo meddygon da, ac roedd Gwydion ei hun yno, wrth reswm.

Weithiau mae'n gas gen i hwnnw. Fo greodd y cyfan, fy nghreu i a'i chreu hithau, ac yna mynnu dal ati i drio rheoli pawb a phopeth. Dwi ddim yn meddwl ei fod o'n fodlon derbyn fod y ferch wnaeth o ei chreu yn gallu meddwl drosti'i hun, a mynd yn groes i'w ddymuniadau o. Petai o ond yn gwybod, mi fyddwn i wedi bod yn llawer mwy ffyddlon i'w nai o. Ond dyna fo, doeddwn i ddim yn plesio, nag oeddwn . . .

8

Rhois y gorau i fod yn flin efo Siwan y bore wedyn pan ddaeth neges tecst ar fy ffôn. Pasiais y ffôn iddi weld y neges.

Exb5. Adra 8nos nesa. X

Gwenodd arna i.

'Sws, ia? Sws fawr?'

'Ddim dyna sy'n bwysig siŵr, a ti'n gwbod hynny. Mae o'n dod adra. Mae o'n gadael yr ysbyty. Dwi'n gweld y darn nesa o'r stori a mae Llion yn dod adra. Does na'm byd i stopio gweddill y stori rhag digwydd.'

'Does 'na ddim prawf fod 'na gysylltiad, 'sti. 'Mond syniad Gwyneth ydi o.'

'Naci. Ges i sgwrs efo Nain y diwrnod o'r blaen.'

Ond cyn i mi allu esbonio mwy, daeth Elin heibio.

'Oes 'na rywun heblaw fi'n mynd i wagio binia sbwriel heddiw? Neu ydw i'n mynd i orfod gofyn i Gwyneth helpu?'

Dwi ddim yn meddwl mod i rioed wedi bod mor falch o afael mewn bag bin du. Unrhyw beth yn hytrach na meddwl am bedwaredd gainc y Mabiniogi. Caeais fy ffôn efo clep a'i wthio i boced fy jîns.

Fi aeth â'r bagiau i lawr i geg y lôn yn y drol fach ac

ar ôl eu dadlwytho, cymerais funud i yrru neges yn ôl i Llion.

!Cg4. Falch dy fod yn well.

Doedd gen i ddim problem efo deud hynny. Doedd o ddim cweit 'run peth â deud mod i'n falch ei fod o'n dod adre, nagoedd? Ro'n i wrthi'n trio penderfynu a o'n i am roi sws ar ddiwedd y neges, ac os felly, sawl sws, pan glywais i'r llais dwfn 'na eto.

'Bore da, Mali.'

Do'n i ddim yn gallu gweld twll yn y llawr, ond yn sicr doedd Gwion Seisyllt ddim ar gyfyl y ffordd eiliadau ynghynt. Ddim mod i'n poeni am y peth bellach. Ro'n i wedi dechrau arfer efo'r ffordd roedd o'n ymddangos o nunlle. Ond roedd 'na rywbeth amdano'n dal i yrru iasau i lawr fy asgwrn cefn.

'Anwybyddu fy nghyngor i wnest ti felly?'

'Be?' meddwn, gan bwyso *'save to drafts'* yn frysiog ar fy ffôn.

'Mi wnes i awgrymu peidio â deud wrth neb, yn do? Peidio â deud am weld y bachgen yn cael ei drywanu.'

Damia chdi, Siwan, meddyliais. Nid mod i wedi gofyn iddi beidio â thrafod y peth efo'i thad, nag efo neb arall chwaith. Ond ro'n i wedi cymryd yn ganiataol ei bod hi'n sylweddoli nad o'n i isio iddi wneud.

Aeth Gwion yn ei flaen.

'Doedd 'na ddim diben poeni hen wraig. Mae hi'n

dal i deimlo'n euog, 'sti. Roedd isio gadael iddi anghofio am yr holl beth.'

Taswn i heb roi'r bagiau i gyd yn y bin mawr, a'i bod hi mor anodd eu cael yn ôl allan, mi fyddwn i wedi taflu llond bag o sbwriel i'w wyneb. Am eiliad, gallwn ei weld efo cyri a sglodion neithiwr yn rhedeg ar hyd ei ddillad, a chewyn budr ar ei ben.

'Gwrandwch! Dwi a Nain yn dallt ein gilydd. Rhywbeth sy'n digwydd i ni ydi o, ac mae o'n digwydd i ni go iawn. Tydi'r Mabiniogi'n ddim byd ond stori i chi, rwbath dach chi'n ei ddefnyddio i neud pres. Dydyn nhw ddim hyd yn oed yn straeon 'dach chi wedi'u creu'ch hun. Dim ond eu hailadrodd nhw ydach chi. Parot!'

Ro'n i, hyd yn oed, yn gwybod fod y gair ola 'na'n swnio fatha rhywun yn ffraeo ar iard ysgol gynradd. Daeth hanner gwên i wyneb y cyfarwydd.

'Ti'n siŵr o hynna? Be ddoth gynta dŵad, y parot neu'r wy?'

Ac am unwaith, fe drodd Gwion Seisyllt a cherdded i ffwrdd, cerdded i lawr y ffordd fel person normal. Edrychais arno nes ei fod o wedi diflannu o'r golwg rownd y tro ond wnaeth o ddim troi'n ôl i edrych arna i o gwbl.

Agorais fy ffôn, rhoi dwy x frysiog ar ddiwedd y neges a'i gyrru cyn i mi ailfeddwl.

Wrth gerdded yn ôl i fyny o'r giât gallwn weld fod Nain allan yn yr ardd ar ei phen ei hun. Bron i mi droi am y ffermdy i gael sgwrs efo hi, nes i mi ailfeddwl.

Do'n i ddim yn siŵr be o'n i isio'i ddeud wrthi. Falla fod y dyn od 'na'n iawn ac na ddylwn i boeni hen wraig. Falla na ddylwn i ddim poeni dim mwy ar neb, dim ond gadael i beth bynnag oedd yn mynd i ddigwydd, ddigwydd. Fe fyddai'r haf yn dod i ben yn fuan a phawb yn mynd yn ôl i fywyd go iawn. Adre, ysgol, Gwyneth ym mlwyddyn gynta'r chweched a finna yn yr ail yn cael fy nhrin fel ei chwaer fach. O leia fe fyddai Don Dyfodol yn symud yn ei flaen, yn rhoi llinell trwy stori Blodeuwedd ac yn trio dysgu rhywbeth arall i ni.

Ond be fyddai'n digwydd i Gary?

Y noson honno roedd y tair ohonon ni, a Siwan a Gary, yn eistedd y tu allan i'r garafán yn edrych ar yr haul yn machlud. Ia, dwi'n gwybod fod hynna'n swnio'n ofnadwy o drist, ond roedd y lliwiau'n anhygoel. Dwi byth yn edrych ar yr haul yn machlud adre. Ond dim ond am hyn a hyn y medrwch chi edrych ar awyr binc a chymylau oren.

'Gwrandwch,' meddwn, 'gan bod chi i gyd yma. Dwi'n gwbod mod i heb ddeud dim o'r blaen, ond dwi wirioneddol ddim isio mwy o drafod am . . . am y petha 'ma dwi wedi'u gweld. Ddim efo pobl eraill.'

Ro'n i'n teimlo y byddai o'n haws fel'na, yn hytrach na siarad efo Siwan ar ei phen ei hun. Wrth gwrs, be ddigwyddodd oedd fod pawb yn edrych arna i fel taswn i'n drysu. A phawb yn gwadu iddyn nhw sôn wrth neb. Pawb heblaw Siwan. Trois ac edrych arni.

'Naddo siŵr,' meddai'n dawel.

'Sut oedd dy dad yn gwybod mod i wedi cael y sgwrs 'na efo Nain, 'ta?'

'Dwi'm wedi deud gair wrtho fo! A dydi o'm wedi sôn gair wrtha i am dy weld di y diwrnod welist ti'r hogyn 'na'n cael ei ladd chwaith.'

'Mae o a dy nain wedi bod yn siarad felly, amlwg 'tydi?' meddai Elin yn ei ffordd ddi-lol arferol. 'A beth bynnag, dwyt ti'm wedi gweld dim . . . ti'n gwybod, gweld petha trwy lygaid Deilwen, ers y tro diwetha, ers gweld Lleu'n cael ei drywanu, naddo?'

'Naddo,' atebais, yn rhy sydyn.

'Ond?'

Damia ffrindiau sy'n eich nabod chi ers pan oedd y ddwy ohonoch chi yn yr ysgol feithrin. Ffrindiau oedd yn gwybod yr adeg honno pryd oeddach chi isio pi-pi ac yn derbyn eich bod chi ofn y ddoli efo gwallt melyn er fod pawb arall yn meddwl y byd ohoni. Soniais am y profiad od efo'r deryn yng Nghaernarfon.

'Wel, dyna wrthbrofi syniad Gwyneth, o leia. Does 'na ddim sôn fod Llion yn dod adra o'r ysbyty, nagoes?'

'Ddim am wn i,' meddai Gwyneth a oedd wedi ailddechrau gwrando ar y sgwrs ar ôl clywed ei henw.

Cochais fymryn, tynnu'r ffôn o fy mhoced, cael hyd i'r neges a'i dangos i Elin.

'Falla, mae o'n ddeud. Does 'na ddim byd yn bendant,' meddwn wrth Gwyneth, gan gymryd fy ffôn yn ôl o ddwylo Elin.

Dyna un peth da am Miss Perffaith – ro'n i'n hollol sicr na fyddai hi'n gwneud dim byd mor anurddasol a phlentynnaidd â chipio'r ffôn oddi arna i o flaen pawb. Trio cael gafael arno'n slei pan o'n i ddim yn edrych? Bysa.

Am rŵan, cydio'n dynnach yn Gary oedd hi, ac yntau'n cusanu top ei phen. Roedd yn gas gen i gyfaddef, ond roeddan nhw'n edrych yn dda efo'i gilydd.

Fe gafodd pawb lond bol ar y machlud cyn iddi dywyllu'n llwyr. Rhoddodd Siwan ei chrys chwys amdani a gafael yn ei bag.

'Ti isio i ni dy ddanfon di adra?' cynigiodd Elin.

Roedd Siwan fel pe bai'n falch o'r cynnig, ond wrth i ni gychwyn, edrychodd i gyfeiriad y ffermdy. Roedd 'na gar diarth ar y buarth.

'Car Dad ydi hwnna. Gewch chi arbad cerdded, ga i bàs ganddo fo.'

'Gerddan ni i lawr at y tŷ efo chdi,' meddwn. Mi adawon ni Gwyneth a Gary ar ôl, a dwi'm yn meddwl y bysa'r ddau yna wedi sylwi tasa'r haul wedi troi'n wyrdd, magu gwyneb fel haul y Teletubbies a thynnu tafod cyn mynd o'r golwg.

Doedd dim angen cnocio i fynd i mewn i dŷ Nain. Dwi ddim yn meddwl ei bod hi'n cloi'r drws cyn mynd i'w gwely chwaith. Wrthi'n tynnu'n sgidiau yn y portsh cyn mynd i mewn i'r gegin oeddan ni, a drws y gegin yn gilagored. Clywais lais Gwion Seisyllt yn deud,

'Mae stori Deilwen yn stori gref. Mae hi'n stori bwysig.'

Gwnes arwyddion ar y ddwy arall i fod yn ddistaw, ond doedd dim angen, roedd y tair ohonon ni am wybod be fyddai o'n ei ddeud nesaf. Ac roeddan ni'n eitha sicr na fyddai'r sgwrs yn parhau tasen ni'n cerdded i mewn i'r gegin.

Fi oedd agosa at y drws cilagored ac ro'n i'n gallu gweld wynebau Nain a Gwion, ond roedd y trydydd person â'i gefn ata i. Dyn canol oed, meinach a thaclusach na Gwion, nid fod hynny fawr o gamp.

'Mae 'na rym mewn stori,' aeth Gwion yn ei flaen. 'Unwaith mae stori wedi'i hadrodd fedra i na neb arall reoli be sy'n digwydd. Does 'na ddim posib newid stori fel 'na.'

'Tasa dy gyndeidiau di heb greu stori Deilwen, Gwion . . . ' Stopiodd Nain, yn amlwg ddim yn siŵr be i'w ddeud nesa.

'Wn i, Anwen. Ond mae hi'n bod rŵan, 'tydi? A beth bynnag, ddim fi wnaeth ei hadrodd hi'r tro yma.'

Roedd 'na eiliad o ddistawrwydd ac yna llais y diethryn.

'Na finna. Fi ydi'r brawd mawr call, cofia. Dwi ddim yn rhan o'r lol yma bellach.'

Roedd 'na rywbeth yn gyfarwydd yn y llais, ond do'n i ddim yn gallu cofio lle ro'n i wedi'i glywed o o'r blaen. Ac roedd gen i ormod o ddiddordeb yn yr hyn oedd yn cael ei ddeud i feddwl llawer am y peth.

'Fe ddechreuodd hi'r noson yr oedd Mali a'i ffrind

yn aros yn y ganolfan. A dwi'n eitha sicr ei bod hi wedi deud mwy erbyn hyn.'

Roedd 'na gymysgedd rhyfedd o embaras a balchder yn llais Gwion Seisyllt. Yn amlwg fe sylwodd y dyn arall ar hyn hefyd.

'Ti'n falch ohoni, yn dwyt! Mae 'na fachgen wedi'i anafu ac un arall bron yn siŵr o gael ei ladd. Mi fydd hynny'n pwyso ar gydwybod Mali am weddill ei hoes, ac mi rwyt ti'n falch fod dy hogan fach di'n gallu deud stori'n dda!'

Roedd bod mor agos at adnabod y llais fel rhywbeth yn cosi a methu ei grafu. Atebodd Gwion Seisyllt y dyn.

'Mae o'n fwy na deud stori, 'tydi? Ti'n gwybod hynny ond wnei di ddim cyfadda. Deud stori ydi be ti'n ei neud efo dy lyfra, mewn stafell, wrth bwy bynnag sy'n eistedd o dy flaen. Roedd Siwan yn gwybod, gwybod yn reddfol, wrth bwy y dylai hi ei hadrodd hi. Roedd yn rhaid i mi ymddangos yn flin y noson honno, 'doedd? Ond mi ro'n i'n gwybod cyn i mi hyd yn oed agor drws y llofft be oedd wedi digwydd. Ro'n i'n gwybod ei bod hi wedi ail-greu'r cysylltiad. Wrth gwrs mod i'n falch ohoni hi!'

Doedd Nain ddim wedi deud dim ers tro. Gan nad o'n i'n meiddio trio sbecian eto, do'n i ddim hyd yn oed yn siŵr ei bod hi'n dal yna. Ond fe dorrodd ar draws y ddau ddyn rŵan a gofyn yn dawel,

'Ydi hi'n dallt, Gwion? Ydi hi'n dallt be mae hi 'di neud?'

Atebodd Gwion Seisyllt mohoni.

'Ydi hi?'

Bron nad oedd y dyn arall yn gweiddi. Ac yn y ddau air yna y gwnes i adnabod y llais. Don Dyfodol.

Ro'n i'n gallu teimlo Siwan yn crynu wrth fy ochr ac roedd yn gas gen i feddwl sut stad oedd ar Elin. Dwi ddim yn meddwl y bysa'r un ohonon ni wedi gallu aros yn ddistaw yn llawer hirach, ond Elin oedd yr un a gododd ar ei thraed ac agor y drws.

Ddwedodd neb air. Sylweddolais yn syth oddi ar wyneb Elin nad oedd hi wedi adnabod llais Don Dyfodol.

'Ddylia plant bach ddim cuddio a gwrando ar betha wnân nhw mo'u dallt,' meddai Gwion.

Ro'n i'n wirioneddol gasáu'r dyn. Falla mai oherwydd iddo fy ngwylltio i gymaint y llwyddais i beidio â gwylltio, os ydi hynna'n gwneud synnwyr. Roedd y ddwy arall yn sefyll yn stond, yn amlwg yn methu meddwl be i'w ddeud na be i'w wneud. Ond roedd yn rhaid i mi wneud rhywbeth. Roedd 'na dair cadair wag wrth y bwrdd. Tynnais y tair allan.

'Steddwch, genod,' meddwn, gan roi gwthiad bach ysgafn i Siwan tuag at y bwrdd. Edrychais i fyw llygaid Gwion Seisyllt. 'Os nad ydan ni'n dallt, mi fysa'n well i chi esbonio i ni, yn bysa?'

Wnaeth Gwion ddim byd ond pwyso'n ôl yn ei gadair efo hanner gwên ar ei wyneb. Doedd o'n amlwg ddim yn bwriadu deud gair.

Daeth Elin ati ei hun ar ôl y sioc o weld mai ei hathro Cymraeg oedd yno.

'Be dach chi'n neud yma, Mr ab Elwyn?'

'Mi fedra i atab hynna,' meddai Siwan. 'Yncl Don ydi o, mae o'n frawd i Dad.'

'Pam na fysech chi wedi deud hynny o'r cychwyn?' gofynnais.

'Do'n i ddim yn meddwl y byddai Gwion wedi cael cystal gwrandawiad ar noson yr ymweliad pe bai o wedi cael ei gyflwyno fel fy mrawd i. Ond fo ydi'r cyfarwydd gorau yng Nghymru ac fe fyddai wedi bod yn bechod dod â chi i Gwm Cynfal a pheidio ei wahodd i adrodd stori i chi.'

Cofiais sut y cawsom i gyd ein hudo gan y llais dwfn y noson oer honno wrth y tân. Noson a oedd yn ymddangos mor bell yn ôl rŵan.

Aeth Don Dyfodol yn ei flaen.

'Dwn i ddim be glywsoch chi rŵan, genod. A dwn i ddim be dach chi wedi'i ddallt . . . ' Cyn iddo allu mynd dim pellach torrodd Siwan ar ei draws a'i llais yn agos iawn at ddagrau.

'Be dwi wedi'i neud, Yncl Don? 'Mond deud stori 'nes i. Dwi'n gwybod mai stori'r teulu ydi hi, ond . . . '

Ei thad atebodd.

'Ti wedi gneud rhywbeth y methais i ei neud, pwt. Fe lwyddodd dy daid, pan oedd Anwen 'ma a Leri, ei chwaer fach, yn genod ifanc. Ond rŵan, chdi ydi'r bont. Ti wedi gneud i'r stori ddod yn fyw; mae hi'n llythrennol yn cael ei hailadrodd. Dyna be mae bob cyfarwydd da isio'i neud, yntê?'

Gwenodd eto a phwyso ymhellach yn ôl ar ei gadair.

'Esbonia'n iawn iddyn nhw, Gwion, yn lle siarad mewn damhegion fel 'na.'

Trois at Nain wrth iddi siarad, ond roedd hi'n gwrthod edrych i fy llygaid.

'Esbonia di, Mr ab Elwyn. Chdi ydi'r athro.'

Roedd hi'n amlwg fod 'na gyn lleied o gariad rhwng Donald ab Elwyn a Gwion Seisyllt ag a oedd rhwng Gwyneth a finnau.

Edrych yn ddisgwylgar ar Don Dyfodol wnaeth y tair ohonon ni. A chwarae teg iddo fo, fe ddwedodd y cwbl. Bob hyn a hyn fe fyddai Gwion Seisyllt yn tuchan neu'n chwerthin neu'n deud rhywbeth o dan ei wynt, ond wnaeth o ddim torri ar ei draws.

'Felly,' gorffennodd Don Dyfodol, 'gan fod Siwan wedi deud stori Deilwen wrth y chwaer hynaf o'r ddwy chwaer, a'r chwaer ieuengaf yn . . . ' Stopiodd yn fanna, gan sylweddoli y gallai bechu Nain a finna. Aeth yn ei flaen,

'Oherwydd hynny y dechreuodd hyn ddigwydd i Mali ac i'r bobl o'i chwmpas. Dwi ddim yn dallt yn iawn be sy'n digwydd fy hun. Mi ydan ni wastad wedi cael ar ddallt, yn do,' a throdd at ei frawd fel pe bai'n disgwyl cael cadarnhad, 'fod hyn wedi digwydd y tro cyntaf un yr adroddodd un o'r teulu y stori.'

'Felly,' meddai Elin yn araf, 'be sy'n digwydd ydi'ch

bod chi'n plannu'r syniad o chwaer hŷn Blodeuwedd ym mhen rhywun fel Mali, ac wedyn mae hi'n meddwl ei bod hi'n gweld darnau o'r chwedl drwy lygaid y chwaer honno, Deilwen.'

'Ia, bosib dy fod ti'n iawn,' meddai Don. 'Ella bod rhywun fel Mali, neu ei nain pan oedd hi'n iau, yn cael ei denu gymaint gan y syniad nes ei bod yn dychmygu'r cwbl.'

Edrychais ar Nain.

'Arhoswch funud bach,' meddai'r ddwy ohonon ni efo'n gilydd.

Ond fi aeth yn fy mlaen.

'I ddechra, gewch chi stopio fy nhrafod i a Nain fel tasan ni ddim yma. A sut mae esbonio damwain Llion, a chariad Anti Leri'n cael ei ladd? Dychmygu hynna wnaethon ni, ia? A mae 'na un peth pwysig ti'n ei anghofio, Elin. Do, mi ddechreuodd Siwan ddeud y stori y noson 'na yn y ganolfan, ond dim ond dechra wnaeth hi. Chafodd hi'm cyfle i ddeud fawr ddim, felly do'n i'n gwbod dim byd am y syniad o chwaer fawr Blodeuwedd nes mod i wedi gweld lot o betha drwy'i llygaid hi.'

'Dwyt ti ddim yn dwp, Mali,' meddai Gwion Seisyllt. 'Ti'n sylweddoli nad oes gen ti reolaeth dros y peth bellach, dwyt? Biti na fysa pawb arall yn derbyn hynny,' ychwanegodd gan droi i edrych ar Nain ac ar ei frawd.

Roedd 'na botel wisgi ar y bwrdd. Cydiodd ynddi a thywallt ychydig i'r gwydryn oedd o'i flaen, rhoi clec iddo, yna codi a gwisgo'i glogyn a cherdded allan i'r nos.

Ddwedodd neb air am sbel, yna,

'Diolch i ti am drio, Don bach,' meddai Nain. Ac er syndod mawr i mi, tywalltodd fymryn o'r wisgi iddi hi ei hun, ac yna'i sipian gan wneud wyneb fel tasa fo'n ffisig. Ar unrhyw adeg arall, mi fyswn i wedi chwerthin am ei phen, ac wedi chwerthin nes mod i'n sâl wrth glywed Don Dyfodol yn cael ei alw'n Don bach. Ond do'n i ddim yn gallu gweld dim byd yn ddoniol y tro yma.

'Wyt ti am gerdded adra efo fi, Siwan?' cynigiodd ei hewyrth yn glên.

Cododd Siwan a'i ddilyn ond cyn iddi gyrraedd y drws trodd ata i,

'Sori, Mali. Do'n i ddim yn dallt be 'sa'n digwydd.'

Fe arhosais i ac Elin i helpu Nain glirio'r bwrdd.

'Mae'n ddrwg gen i eich bod chi wedi bod yn rhan o hynna. Ro'n i'n meddwl y bysa Donald wedi gallu helpu,' meddai Nain, gan roi'r botel wisgi yn ôl yng nghwpwrdd y dresal dderw.

Do'n i ddim yn gwybod be i'w ddeud wrthi hi a do'n i'n bendant ddim yn gwybod be i'w ddeud wrth Elin. Ddwedodd yr un ohonon ni air wrth gerdded yn ôl at y garafán, a phan gyrhaeddodd Gwyneth a Gary, eu llygaid yn sgleinio, eu bochau'n goch a'u gwalltiau'n flêr, ddwedodd neb yr un gair, heblaw 'Nos da'. Doedd dim posib gwybod lle i ddechrau. Y cwbwl o'n i am ei wneud oedd mynd i 'ngwely a mynd i gysgu. Dwi ddim yn meddwl mod i hyd yn oed wedi llnau 'nannedd y noson honno. Ond mi ro'n i, sy'n beth rhyfedd, yn cysgu o fewn eiliadau. Cwsg trwm, trwm heb freuddwyd o gwbwl.

9

Roedd hi'n amlwg yn y bore nad oedd Elin wedi cysgu drwy'r nos. Cyn gynted ag roedd y ddwy ohonon ni ar ein penna'n hunain, ar ddyletswydd biniau a thoiledau, dyma hi'n dechrau.

'Dwi wedi bod yn meddwl. Dwi wedi penderfynu bod yn rhaid i mi goelio'r lol yma. Dwi ddim yn ei licio fo, ond dwi ddim yn gweld fod gen i ddewis.'

Dwi ddim yn hapus pan mae pobl yn newid. Os dwi'n teimlo mod i wedi dod i nabod rhywun, dwi isio iddyn nhw aros felly wedyn. Gwneud bywyd yn haws, 'tydi? Ond dyna lle roedd Elin, gall, resymegol yn deud ei bod hi'n fodlon derbyn hyn i gyd. Derbyn fod un dyn erstalwm wedi ychwanegu ei bwt bach ei hun i'r Mabinogi, a bod y stori honno wedyn yn dod yn wir. Ac mai dyna oedd yn achosi i genod call, fel fi a Nain, weld pethau nad oedd yn bodoli, a gwneud i'w ffrindiau gael damweiniau. Chwistrellais lawer mwy o hylif llnau nag oedd ei angen ar hyd y cawodydd.

Ond doedd dim angen i mi boeni gormod am bobl yn newid. Roedd Elin yr un mor ymarferol yn trafod hyn ag yr oedd hi efo unrhyw beth arall.

'Os mai stori sydd wedi creu'r holl helynt 'ma, mae'n rhaid i stori allu newid petha hefyd. Mae'n rhaid i Gwion Seisyllt ddeud stori newydd. Stori lle nad ydi Gary – sori – Gronw'n cael ei ladd.'

Daliais ati i sychu'r un tap drosodd a throsodd.

'Ti'n meddwl 'sa fo mor hawdd â hynny?'

'Mae o werth ei drio, 'tydi? Dwi'n meddwl tasa Gwion Seisyllt yn adrodd stori Deilwen – gan newid y diwedd – fe ddyla pob dim fod yn iawn.'

Bron nad oedd hi'n siarad efo hi'i hun. Fel tasa hi'n trio cael rhywbeth yn glir yn ei phen. Edrychodd arna i, yna gafael yn fy llaw a fy symud at y sinc nesaf yn y rhes cyn mynd yn ei blaen.

'Ac mi wyt ti'n mynd i ofyn iddo fo, wyt?' gofynnais. 'Plîs, Mr Seisyllt, gawn ni stori arall sy'n gorffen efo pawb yn hapus?'

'Yndw,' meddai, efo'i phendantrwydd arferol. 'Ond dwi'n meddwl y dyliach chdi ddod efo fi. Mae'n rhaid i ti wrando ar y stori, yn does?'

Ro'n i ymhell o fod yn siŵr fod Elin yn iawn. Do'n i ddim yn meddwl fod yr ateb mor syml â hynny, ac yn sicr do'n i ddim isio mynd i ofyn am 'run gymwynas gan grinc fel Gwion Seisyllt ar ôl y noson cynt. Ond tydw i ddim yn gymeriad cryf iawn, felly ar ôl i ni orffen ein gwaith am y bore, ro'n i yn cerdded efo Elin ar hyd y ffordd i gyferiad tŷ Gwion Seisyllt. Tŷ Siwan hefyd, wrth gwrs, ond doedd Siwan rioed wedi ein gwahodd ni yno. Ro'n i'n gwybod lle roedd yr adwy ond doedd dim posib gweld y tŷ o'r ffordd.

Tŷ bach digon cyffredin oedd o, a finna'n disgwyl rhywbeth tebyg i dŷ'r wrach mewn llyfr oedd gen i'n blentyn. Roedd 'na ryw glychau a ballu yn crogi o'r coed yn yr ardd a'r rheiny i gyd yn canu wrth i ni agor y giât. Ond dim byd gwaeth na hynny. Y peth odia oedd fod Gwion Seisyllt allan yn yr ardd yn smwddio pan gyrhaeddon ni. Ia, roedd o wedi gosod weiren estyniad allan trwy ffenest y gegin ac wrthi'n smwddio yn yr haul wrth y drws cefn. Arwydd arall fod y dyn yn drysu'n llwyr, yn fy marn i.

'Dim ond y fi sydd yma, genod. Mae Siwan a'ch athro chi wedi mynd am dro.'

'Chi oeddan ni isio'i weld,' meddai Elin.

'Elin oedd isio sgwrs efo chi.' Roedd gen i amheuon mawr o hyd ynglŷn â thrafod dim byd efo Gwion Seisyllt. Roedd gwrando arno fo'n sgwrsio efo Nain a Don Dyfodol wedi bod yn ddigon i mi.

Esboniodd Elin ei syniad am stori newydd ac fe ddaliodd Gwion Seisyllt ati i smwddio crysau'n bwyllog a gofalus a'u rhoi i grogi ar hangars ar goeden eirin.

'Difyr. Falla y bysa fo'n gweithio tasat ti'n cael rhywun digon da i ddeud y stori.'

'Newch chi drio i ni?' Gwendid mawr Elin ydi ei bod hi'n disgwyl i bawb fod mor gall a rhesymol a chlên a hithau.

Estynnodd Gwion grys arall, lliw porffor afiach, o'r fasged.

'Pam ymyrryd efo pethau?'

'Oherwydd fod Llion, a oedd yn gariad i Gwyneth cyn iddi fynd efo Gary, yn dod yma. Oherwydd fod ganddon ni ofn i Mali weld diwedd y chwedl ac i Gary gael ei ladd.'

Do'n i ddim yn cymryd unrhyw ran yn y sgwrs yma, dim ond eistedd ar y fainc yn gwrando ar Elin yn gwastraffu amser.

'Mae'n debyg dy fod ti'n iawn, gan mai Gary sy'n cyfateb i Gronw. Ond fel dudis i, pam ymyrryd?'

Roedd o'n gwenu'n union fel yr oedd o yng nghegin Nain. Gwên a oedd yn deud ei fod o'n gwybod pob dim ond yn fodlon helpu neb. Pam ymyrryd? I achub bywyd hogyn cwbl ddiniwed! Dyna ro'n i isio'i weiddi yn ei wyneb o. Ond wnes i ddim, ro'n i wedi cael digon.

'Tyd Elin. Does 'na'm pwynt. Ond dim hwn ydi'r unig gyfarwydd yng Nghwm Cynfal.'

Rhoddais glep i giât yr ardd wrth fynd nes bod yr holl glychau'n canu'n wirion. Roedd y ddwy ohonon ni bron wedi cyrraedd y ffordd fawr cyn i neb ddeud dim.

'Ond dwi'n iawn, tydw?' meddai Elin. 'Os caiff y stori, efo Deilwen yn rhan ohoni, ei deud yn wahanol, yna'r fersiwn yna weli di, a chyfatab i'r fersiwn yna fydd yr hyn sy'n digwydd i chdi a dy ffrindiau. Roedd yn rhaid iddo fo gyfadda mod i'n iawn.'

'Ond fedrith rhywun-rhywun ddim creu stori! Neu 'sa ni'n dwy'n gallu gneud rŵan. Un tro, dyma Gronw Pebr yn deud "Sori" a dyma Lleu Llaw Gyffes yn deud "Iawn boi, gweld dim bai arnat ti, a dwi wedi mendio rŵan, beth bynnnag. Ti isio peint?" Ac mae'r ddau'n

ffrindia am byth – a Blodeuwedd a Deilwen hefyd.
Neith hynna'r tro, ti'n meddwl?'

'Na,' meddai Elin, a doedd hi ddim hyd yn oed yn
gwenu. 'Ond fel dudist ti, nid Gwion Seisyllt ydi'r unig
gyfarwydd yng Nghwm Cynfal. Falla 'sa Siwan yn
gallu ail-ddeud y stori.'

'Dwn i'm. Dwi'm yn meddwl ei bod hi isio deud
stori byth eto ar ôl y sioc gafodd hi neithiwr.'

'Ond cofia be ddudodd ei thad hi neithiwr. Rwbath
am lwyddo i neud rhywbeth roedd o wedi methu ei
neud, mai hi ydi'r bont. Os oes 'na rywun yn mynd i
allu newid y stori, Siwan ydi honno.'

'Sori, na,' meddai Siwan pan lwyddon ni i ddod o hyd
iddi. 'Dwi wedi gneud digon o lanast. Mae gen i ofn.
Be taswn i'n gneud petha'n waeth? Dwi wedi bod yn
siarad efo Yncl Don a fo sy'n iawn, does dim isio
gneud dim byd mwy efo'r peth. Os neith ein teulu ni
roi'r gora i adrodd straeon yn llwyr, dyna ddiwedd
arni. Fydd 'na neb byth eto'n gweld dim trwy lygaid
Deilwen.'

A doedd 'na'm troi arni. Roedd yr hogan yn styfnig
fatha mul!

10

Ar Yncl Wil oedd y bai. Nid ei fod o'n trio, wrth gwrs. Y cwbwl oedd o isio oedd rhywun i'w helpu i gael gafael ar ryw ddefaid oedd wedi crwydro i dir cymydog.

''Sgen ti funud i ddod efo fi, Mali?'

A chan mai anaml iawn yr oedd o'n gofyn am help wnes i ddim gwrthod, dim ond neidio i'r landrofyr i ganol y cŵn a'r cortyn bêls a'r baw. Ar ôl chydig, stopiodd y landrofyr ac roedd hi'n amlwg mod i fod i fynd allan. Tydi Yncl Wil ddim yn siarad os nad oes raid.

'Saf di'n fanna i'w rhwystro nhw rhag troi i mewn i'r goedwig. Fe wna i a'r cŵn weddill y gwaith. Unwaith mae'r defaid wedi dy basio di, mi fedri di ddilyn y nant fechan 'na ac mi fyddi di uwchben y maes carafanna.'

A dyna'r cwbl y bu'n rhaid i mi ei wneud. Sefyll yn y bwlch, ysgwyd fy mreichiau ar yr un ddafad fawr, ddigywilydd oedd ar y blaen, ac aeth y cwbl am adre'n ddi-lol.

Yna es i drwy'r giât ddangosodd o i mi a dechrau cerdded ar hyd ochr y nant. Edrych ar y Moelwyn Mawr ro'n i, a meddwl y bysa'n syniad da mynd i'w ddringo cyn mynd adref. Yn sydyn, ro'n i'n edrych arni: carreg, fel llechen fawr drwchus, a thwll yn ei chanol. Hon oedd Llech Goronwy. Hon, meddan nhw, oedd y garreg yr aeth gwayffon Lleu trwyddi a lladd Gronw Pebr. Ro'n i wedi bod yma efo'r criw o'r ysgol, ond gan mod i wedi dod ati hi ar draws y caeau, do'n i ddim wedi sylweddoli lle ro'n i. Dyma lle roedd stori Blodeuwedd yn dod i ben.

Y peth call i'w wneud fyddai troi a cherdded oddi yna, ond allwn i ddim. Agorais y giât a gadael fy hun i mewn i'r gorlan fechan sydd bellach wedi'i hadeiladu o amgylch y garreg. Roedd 'na rywbeth yn fy nhynnu at y garreg, er mai fama oedd y lle olaf yn y byd ro'n i isio bod.

Ond roedd 'na rywbeth yn wahanol y tro yma. Plygais fymryn i edrych drwy'r twll crwn, perffaith oedd ynddi. Rhoddais fy llaw trwyddo; roedd o'n ddigon mawr i hynny. Yr eiliad y cyffyrddodd fy llaw â'r garreg, ro'n i'n gwybod fod 'na rywbeth gwahanol yn digwydd. Roedd hyn yn fwy na gweld rhyw bytiau o'r chwedl trwy lygaid Deilwen.

Fel yn y dafarn yng Nghaernarfon, fe newidiodd y sŵn. Do'n i ddim yn clywed sŵn y ceir ar y ffordd islaw er mod i'n dal i allu eu gweld nhw. Ond ro'n i'n ymladd y tro yma, do'n i ddim isio i hyn ddigwydd. Ro'n i'n rhythu ar bethau fel polion letrig, byrnau mawr wedi'u lapio mewn plastig yn y caeau wrth y ffordd, y ceir ar y ffordd, y ceir nad oedd yn gwneud twrw bellach. Roedd yn rhaid i mi ddal fy ngafael ar y presennol. Gafaelais yn dynn yn y ffens oedd o amgylch y garreg. Ond doedd o ddim yn ddigon. Ro'n i'n gallu teimlo fy hun yn llithro, yn teimlo fymryn yn chwil a'r cwm yn newid. Syllais ar y garreg a meddwl am funud mod i'n gweld y twll ynddi'n mynd yn llai, yn llenwi bob yn dipyn bach. Rhoddais fy llaw yn ôl arni i brofi i mi fy hun nad oedd y twll yn llenwi, ond roedd yr ymylon yn feddal – yn teimlo fel blŵtac – ac yn symud, a doedd ddim posib rhoi fy llaw trwyddo bellach.

Ro'n i'n gwybod unwaith y byddai'r twll wedi cau'n llwyr, y byddwn i'n ôl ymhell, bell mewn amser, cyn i'r twll gael ei greu yn y llech.

Yna, roedd hi'n rhy hwyr. Doedd 'na ddim ffermdai na ffordd, dim ond cwm ac afon a charreg a sŵn ceffylau yn carlamu yn y pellter. Doedd gen i ddim dewis ond eistedd a gwylio. Er mod i'n gwybod be o'n i'n mynd i'w weld, yn gwybod mod i'n mynd i weld darn olaf stori Blodeuwedd, fedrwn i ddim mynd oddi yno.

Dringais i fyny'r ochr ychydig oddi wrth y garreg ac eistedd yn y rhedyn ar y llechwedd, yn disgwyl i Gronw a Lleu ymddangos. Ro'n i'n gwybod y byddai Gronw'n gofyn am gael gosod y garreg i'w arbed rhag yr ergyd, ac y byddai Lleu yn cytuno. Ond fe fyddai'r waywffon yn mynd trwyddi, fe fyddai 'na dwll yn y garreg unwaith eto, ac fe fyddai Gronw'n marw. Eisteddais ac aros. Roedd sŵn carnau'r ceffylau wedi peidio a'r unig dwrw yn y dyffryn oedd adar yn canu.

Am eiliad, ro'n i'n gweld cysgod y ffordd yr ochr arall i'r cwm, y ffordd oedd yn dod i lawr y rhiw serth at y tro peryglus wrth yr afon. Ond yna, doedd 'na ddim golwg o'r ffordd unwaith eto a doedd 'na ddim byd yno ond coed. Ro'n i'n clywed carnau'r ceffylau yn dod yn nes, ac ymhen dim roedd dau ddyn yn sefyll wrth yr afon. Dim ond y ddau, doedd 'na neb arall o gwmpas, heblaw amdana i yn cuddio yn y rhedyn.

Yn sydyn, ro'n i'n ymwybodol fod rhywun wrth fy ochr. Trois fy mhen a gweld mai merch oedd yno – merch bryd tywyll a oedd, fel finnau, yn cuddio ac yn gwylio'r dynion. Am eiliad, do'n i ddim hyd yn oed yn siŵr oedd hi'n fy ngweld i, ond yna fe wenodd. Un wên sydyn, cyn troi'n ôl i edrych ar Lleu a Gronw. Roedd y ddau'n siarad, ac wedyn aeth Gronw i sefyll i lawr ar lan yr afon. Safodd yno'n llonydd a'i wyneb yn welw, welw.

Ro'n i'n teimlo'n swp sâl; doedd gen i ddim dewis ond aros yn y rhedyn yn gwylio Gronw yn cael ei ladd, ac wedyn byddai'n rhaid i mi fynd yn ôl i fyd lle roedd Gary wedi'i ladd. Os byddwn i'n llwyddo i fynd yn ôl o gwbl.

Gwelais Gronw'n codi'r llechen anferth a'i glywed yn gofyn i Lleu a gâi ei defnyddio fel tarian. Hwnnw'n cytuno, a finnau isio sgrechian ar Gronw druan na fyddai ei 'darian' yn gwneud dim gwahaniaeth. Dim o gwbl. Trois i edrych ar y ferch wrth fy ochr a gweld bod 'na ddeigryn yn rhedeg i lawr ei boch fel tasa hithau, fel finnau, yn gwybod yn iawn be oedd yn mynd i ddigwydd. Doedd 'na neb yn mynd i ddeud stori wahanol bellach, nagoedd? Doedd 'na neb yma i ddeud unrhyw fath o stori, neb ond y fi a Deilwen. Mae'n rhaid mai hi oedd hi, ac mi roedd hitha, a bod yn onest, yn edrych yn fwy diddychymyg na fi, yn ei chwrcwd yn llywaeth yn y rhedyn, yn barod i dderbyn yr hyn oedd yn mynd i ddigwydd.

Ond do'n i ddim! Tyd 'laen, Mali. Gwna rywbeth, sibrydais wrthyf fi'n hun. Wel, doedd gen i ddim byd i'w golli, nagoedd? Ro'n i wedi clywed digon o bobol yn deud straeon a chelwyddau ers wythnosau. Dau beth ro'n i'n ei wybod am adrodd stori – roedd yn rhaid cael sylw eich cynulleidfa ac roedd yn rhaid gallu newid eich llais.

Rhoddais besychiad bychan; falla y byddai hynny yn gwneud y ddau beth. Trodd y ferch i edrych arna i – roedd gen i gynulleidfa. Do'n i ddim yn gwybod a fyddai'n fy neall i, ond falla nad oedd hynny'n bwysig. A phan ddechreuais i siarad roedd fy llais yn wahanol, yn bennaf oherwydd ofn ac oherwydd bod raid i mi sibrwd, ond yn sicr mi oedd o'n wahanol. Doedd gen i ddim syniad be o'n i'n mynd i'w ddeud pan 'nes i ddechrau, ond wrth fynd ymlaen roedd o'n mynd yn haws ac yn haws. Rydw i wastad wedi dychmygu rhyw fywyd arall lle mae pethau'n wahanol. Y cwbwl oedd angen ei wneud oedd disgrifio'r byd hwnnnw. Ei ddisgrifio fel pe bawn i'n coelio ynddo fo, fel mai fi a fy myd bach i oedd y pethau pwysicaf un. A dyna wnes i, ac roedd yn braf. Hyd yn oed pe na bai dim byd yn newid, fe wnes i fwynhau. Roedd rhywun – o'r gorau, dim ond un ferch yn cuddio yn y rhedyn – yn gwrando ar sut ro'n i isio i bethau fod.

'. . . ac yna fe roddodd Gronw y garreg yn ôl ar y llawr. Camodd drosti a cherdded oddi yno'n holliach. Wnaeth o ddim brysio, roedd o'n gwybod y byddai Lleu yn rhy anrhydeddus i daflu gwaywffon arall, neu i redeg ar ei ôl efo cleddyf. Y cyfan oedd angen i Gronw ei neud rŵan oedd cerdded at ei geffyl, marchogaeth i lawr y cwm i nôl Blodeuwedd a gadael Lleu i ddelio efo'r dyn arall. Problem Lleu oedd hwnnw.'

Ond mae'n rhaid i bob stori ddod i ben ac ar ôl i mi orffen trodd y ddwy ohonom i edrych unwaith eto ar y dynion wrth yr afon. Doedd dim byd wedi newid. Roedd y ddau'n dal i sefyll fel yr oeddan nhw cynt. Roedd hi'n amlwg fod Lleu bron yn barod i daflu ei waywffon.

Ro'n i wedi fy siomi, wedi fy siomi yn ofnadwy. Mi ro'n i wirioneddol yn meddwl y byddai pethau wedi newid wrth i mi ddeud fy stori.

Ond yna sylwais fod dyn arall yno, wedi ymddangos yn dawel o nunlle. Welais i mohono fo'n cyrraedd. Roedd o'n sefyll ychydig i'r ochr, yn gwylio ond ddim yn ymyrryd. Dyn hŷn na'r ddau arall, dyn mawr, a'i wallt hir llwyd wedi'i glymu'n ôl efo carai ledr – yn union fel y disgrifiais i o.

Dwi'n dal ddim yn gwybod ai fi afaelodd yn llaw Deilwen neu ai hi afaelodd yn fy llaw i. Ond fe gododd y ddwy ohonon ni o'r rhedyn gyda'n gilydd a rhoi bloedd. Un floedd ar yr union adeg y taflodd Lleu ei waywffon. Am eiliad, llai nag eiliad, roedd ei sylw arnon ni ac fe wyrodd y waywffon i'r ochr.

Roedd yr hen ddyn yn sefyll yn rhy agos. Mae'n rhaid ei fod o'n hollol sicr y byddai'r waywffon yn mynd yn syth trwy'r garreg ac yn lladd Gronw. Doedd o'n amlwg ddim wedi meddwl am funud ei fod o'n gwneud rhywbeth peryglus yn sefyll mor agos.

Gwelais y waywffon yn ei daro ac yntau'n disgyn. Yna daeth y ffordd islaw i'r golwg unwaith eto, dim ond am ennyd, ond yn ddigon hir i mi glywed sŵn brêcs yn gwichian a sŵn erchyll car yn taro yn erbyn wal. Yna ro'n i'n ôl yn y cwm ddi-fferm, ddi-ffens, ddi-ffordd eto, ac ro'n i a Deilwen yn rhedeg law yn llaw cyn gyflymed ag y gallen ni, mor bell â phosib o'r afon. Er ei bod hi'n gwisgo ffrog laes a chlogyn trwm roedd yn syndod pa mor sydyn roedd hi'n gallu rhedeg. Roedd hi'n hollol sicr ble i roi ei thraed a finnau'n llithro a baglu y tu ôl iddi hi. Arweiniodd fi i lannerch fechan yn y coed yn uwch i fyny ar y llechwedd. Roedd hi'n bosib cuddio yng nghysgod craig yno, bron nad oedden ni mewn ogof fechan, ac roedd modd gweld a oedd rhywun yn dod ar ein holau.

Ddwedon ni'r un gair am chydig, dim ond eistedd yno'n cael ein gwynt atom ac edrych i lawr y llechwedd. Roedd o fel taswn i wedi colli pob cysylltiad efo'r byd go iawn ac wedi cael fy ngadael yn fama efo . . .

'Deilwen?' gofynnais, er mod i'n gwybod yn iawn mai dyna pwy oedd hi. Gwenodd a nodio ei phen.

'Chwaer Blodeuwedd?'

Nodiodd ei phen eto, ond doedd hi ddim yn gwenu.

'Mae hi'n unig,' meddai. 'Yn fwy unig yn awr nag yr oedd hi cynt, hyd yn oed. Fe fydd yn rhaid i mi fynd i'w gweld cyn hir, unwaith y bydd hi'n nosi. Fe fydd hi eisiau gwybod beth ddigwyddodd i Gronw.'

Aros yno'n cuddio wnaethon ni, nes ei bod yn amlwg nad oedd neb yn dod ar ein holau. Yna dechreuodd Deilwen siarad, siarad fel tasa hi heb gael cyfle i sgwrsio hefo neb ers blynyddoedd. Siarad fel tasa neb erioed wedi gwrando arni o'r blaen. 'Sa chi'n taeru mai dyma'r tro cynta erioed iddi gyfaddef pa mor genfigennus y buodd hi o'i chwaer hardd. Cenfigen oedd wedi bod yn ei bwyta tu mewn am flynyddoedd, ac wedi'i suro. Ond roedd y cenfigen wedi troi'n drueni drosti erbyn hyn. Roedd hi'n chwaer iddi, wedi'r cwbl.

Erbyn iddi orffen roedd hi'n dechrau nosi a'r lleuad yn ymddangos bob hyn a hyn o'r tu ôl i gwmwl. Cododd Deilwen ar ei thraed a gwneud stumiau arnaf i'w dilyn. Arweiniodd fi i lannerch arall, fwy, a sefyll yno ar y cyrion. Roedd cysgodion y coed yng ngolau'r lleuad yn batrwm clir ar y borfa fer. Safodd yno'n hollol dawel. Doedd dim smic i'w glywed yn y byd ond sgrech tylluan yn uwch i fyny'r cwm. Yn raddol roedd y sgrechian yn dod yn nes ac yn nes ac yna'n distewi'n sydyn. Camodd Deilwen yn ei blaen i ganol y llannerch ac ymestyn ei braich allan. Yn sydyn, llithrodd cysgod gwyn yn dawel, dawel drwy'r awyr a glanio ar ei braich. Yng nghrafanc y dylluan, roedd 'na lygoden farw. Cymerodd Deilwen y llygoden a'i llithro i blygiadau ei chlogyn.

'Diolch,' sibrydodd, a phlygu ei phen nes ei bod hi'n mwytho'r dylluan efo'i hwyneb a honno'n chwarae efo gwallt Deilwen â'i phig. Cerddodd Deilwen ychydig gamau tuag at garreg fawr wastad, eistedd arni a dechrau siarad yn ddistaw.

Ro'n i wedi aros lle ro'n i ac yn rhy bell i glywed be roedd hi'n ei ddeud, ond roedd hi'n amlwg o osgo'i chorff mai adrodd stori yr oedd hi ac ro'n i'n gallu gweld o osgo'r dylluan, a oedd bellach yn clwydo ar ben-glin Deilwen, fod honno'n gwrando. Yna roedd newid yn y ddwy a 'swn i'n mynd ar fy llw mai Deilwen oedd yn gwrando ar yr aderyn, er na allwn i glywed sŵn o gwbl. Ar ôl ychydig fe lithrodd Deilwen ei bysedd ar hyd y plu golau, esmwyth, ddwywaith neu dair, cyn i'r dylluan godi'n osgeiddig a hedfan i fyny'r cwm ac o'r golwg. Symudodd Deilwen ddim am o leia ddeg munud arall, dim ond rhythu tua'r fan lle diflannodd yr aderyn. Yna daeth sgrech, sgrech tylluan, o'r tywyllwch. Cododd Deilwen ar ei thraed yn araf a cherdded tuag ata i gan fy nghofleidio yn ysgafn, ac fel roedd hi'n gwneud hynny, clywais leisiau.

Edrychais i gyfeiriad y sŵn ond allwn i ddim gweld neb. Trois yn ôl at Deilwen ond doedd hi ddim yno bellach. Galwais ei henw, ond wrth i mi edrych drwy'r coed ro'n i'n gallu gweld goleuadau ceir ar y ffordd yr ochr arall i'r cwm a gwyddwn yn syth nad oedd 'na bwrpas galw arni. Cerddais allan o'r coed i gyfeiriad y lleisiau – lleisiau oedd yn hollol glir erbyn rŵan, lleisiau oedd yn galw fy enw.

Ro'n i'n gallu gweld golau lampau yn y caeau islaw. Ac er mod i'n gwybod mai pobl yn chwilio amdana i oedd yno, do'n i ddim isio mynd atyn nhw. Sefais yn llonydd am funud, yn hollol lonydd a distaw yn gwneud dim byd ond edrych i lawr Cwm Cynfal i gyfeiriad Maentwrog a'r môr. Do'n i ddim hyd yn oed yn meddwl, am wn i, dim ond yn ffarwelio'n ddistaw.

'Ac fel hyn y daw'r rhan yma o'r stori i ben.'

Nain ac Elin oedd yn cerdded i 'nghyfarfod i. Yr eiliad y gwelais i nhw, mi gofiais am y sŵn brêcs car.

'Gary!' meddwn. 'Lle mae Gary? Ydi o'n iawn?'

Fe ddalltodd y ddwy'n syth. Dallt mod i wedi gweld rhan o'r stori unwaith eto.

'Mae Gary'n iawn. Does 'na ddim byd wedi digwydd iddo fo. Falla'n bod ni wedi bod yn poeni heb angen.'

'Ond mi glywis i sŵn damwain.'

Edrychodd y ddwy ar ei gilydd am eiliad.

'Do, mi fuo 'na ddamwain,' meddai Nain yn bwyllog, 'ond doedd Gary ddim yna. Mae o'n iawn, wir i ti. Tyd adra efo ni rŵan, ac mi gei di wybod pob dim ar y ffordd.'

Wrth i ni gerdded i lawr yn ôl i'r fferm, eglurodd Elin be oedd wedi digwydd ar ôl i mi adael y buarth efo Yncl Wil. Roedd Llion wedi ffonio Gwyneth i ddeud ei fod o ar ei ffordd draw, ac y byddai o'n cyrraedd ymhen rhyw hanner awr. Roedd o 'isio setlo petha'. Dyna pryd y dalltodd Siwan ac Elin nad o'n i o gwmpas. Holi Nain wedyn lle ro'n i a honno'n sylweddoli, os o'n i wedi mynd efo Yncl Wil, pa mor agos fyddwn i at Lech Goronwy lle cafodd Gronw ei ladd.

Ro'n i wedi bod yn ysu i ddeud mod i wedi cyfarfod Deilwen, sôn am y twll yn y garreg yn cau, disgrifio'r dylluan yn cario'r llygoden, ond wn i ddim be ddigwyddodd i mi. Mwya sydyn, do'n i ddim isio sôn gair am y peth wrthyn nhw na neb arall. Felly'r cwbl ddaeth allan o fy ngheg i oedd,

'Mae'n rhaid mod i wedi llithro a tharo fy mhen neu rwbath.'

O'n, ro'n inna'n gallu palu celwyddau bellach. Ro'n i'n gwybod yn iawn fod Elin yn edrych yn od arna i. Dwn i ddim be oedd hi'n feddwl ond ddwedodd hi ddim byd. A deud y gwir, doedd dim ots gen i be oedd hi'n ei feddwl.

'Mae'n rhaid mai newydd ddod ataf fi fy hun o'n i pan gawsoch chi hyd i mi,' meddwn, fel tasa'r peth yn benbleth i minnau hefyd.

11

Ychydig ddyddiau'n ddiweddarach, roedden ni'n mynd â'r biniau sbwriel i lawr at y giât.

'A' i â nhw. Gorffan di yn y cawodydd,' meddwn yn sydyn wrth Elin a diflannu cyn iddi gael cyfle i feddwl.

Am ryw reswm ro'n i'n gwybod y bysa fo yna. Mi o'n i isio'i weld o. Ac am unwaith, mi welais i o'n dod o bell. Mae hi braidd yn anodd i ddyn ar faglau symud yn llechwraidd. Falla mai'r baglau oedd yn gyfrifol, ond roedd o'n edrych yn llai heddiw, yn llai bygythiol rywsut.

'Gwion Seisyllt, ydach chi isio stori?'

Gosododd ei faglau'n ofalus yn erbyn y clawdd ac eisteddodd y ddau ohonon ni yn yr haul yn pwyso'n cefnau yn erbyn y wal gerrig. Ac fe ddwedais i stori wrth y cyfarwydd gorau yng Nghymru. Y stori ro'n i wedi'i chreu yn y rhedyn, y stori am y dewin, Gwydion, yn cael ei anafu.

'Ac fel hyn,' meddwn ar y diwedd, 'y daw y rhan yma o'r stori i ben.'

Roedd o'n fud. Pasiais ei faglau iddo.

'Dwi'm wedi gweld Siwan ers dyddia,' meddwn.

'Tydi hi ddim yma.'

Esboniodd sut roedd Siwan, yr un noson ag yr o'n i

wedi gweld Deilwen, wedi pacio'i bagiau, gadael nodyn yn deud ei bod hi'n mynd i fyw at ei mam yn ne Lloegr, mai arno fo roedd y bai am hynny ac nad oedd hi isio dim mwy i'w wneud efo fo na'i straeon byth eto.

'Don aeth â hi yno. Mae hwnnw wedi troi yn fy erbyn i hefyd. Wedi cychwyn i'w nôl hi adra ro'n i, ond ro'n i wedi bod yn yfed. Neu o leia, ro'n i wedi meddwl mai dyna pam ges i'r ddamwain – tan rŵan.' Chwarddodd yn chwerw. 'Mae hi'n gwrthod dod adra. Dwi wedi'i cholli hi, Mali.'

Am eiliad roedd gen i bechod dros Gwion Seisyllt. Ond dim ond am eiliad, ac yna roedd y cyfarwydd lloerig yn ei ôl. Edrychodd ar ei blastar a'i friwiau a'i faglau, a gwenu.

'Ti lwyddodd i neud hyn, Mali. Ti, ar ben dy hun bach. Mae'n amlwg fod y ddawn gen ti. Fysa gen ti ddiddordeb mewn dysgu mwy?'

Ches i ddim cyfle i ateb. Daeth car rownd y gornel – car coch. Car Llion. Stopiodd wrth ein hymyl ac agor y ffenest.

'Dwi'm yn gwybod lle mae Gwyneth,' meddwn.

'Nid dod i weld Gwyneth ydw i. Meddwl 'sa ti'n licio mynd am ginio i rywle, Mali?'

Dwi rioed wedi neidio i mewn i gar mor sydyn yn fy mywyd.

'Rwla,' meddwn. 'Cyn belled nad ydi hwnna'n agos ata i!'

Y diwrnod wedyn oedd ein diwrnod ola ni yno. Ro'n

i'n reit ddigalon wrth bacio pethau yn y garafán. Mi fysach chi'n meddwl y byswn i'n falch o adael Cwm Cynfal ac o fynd yn ôl adre i'r byd go iawn.

Elin a finna oedd yn gwneud y gwaith, fel arfer! Hi'n helpu Nain hefo'r toiledau a finna'n clirio'r garafán – a Gwyneth yn eistedd ar y stepan yn sythu ei gwallt, eto fyth. Ond roedd o'n fy mhoeni'n llawer llai na fysa fo chydig wythnosau'n ôl. Falla mod i'n mynd yn hŷn neu rywbeth.

'Ysgol wythnos nesa,' meddwn. 'O leia fydd dim rhaid i Don Dyfodol neud llawer o waith ar stori Blodeuwedd efo chdi, na fydd Gwyneth?'

Edrychodd arna i'n rhyfedd.

'Mi wyt ti'n mynd i neud Cymraeg yn y chweched, dwyt?' gofynnais.

Rhoddodd y sythwr gwallt i lawr.

'Ti'n cymryd dim diddordeb o gwbl yna i, nag wyt? Fydda i ddim yno, Mali. Mi fydda i mewn coleg cerdd ym Manceinion.'

Fy nhro i oedd hi rŵan i edrych yn hurt. Aeth yn ei blaen,

'Pawb yn deud mod i'n arbennig, felly dwi wedi cael fy mherswadio – y dylwn i fynd i ffwrdd. Ond Mali, mae gen i . . .'

Eisteddais wrth ei hochr.

'Mae gen i ofn, Mali. Mi fydda i ar fy mhen fy hun, a . . .'

Stopiodd yn sydyn, fel tasa hi'n difaru cyfaddef bod ganddi ofn.

'Aros yn fanna, Mali. Sa'n llonydd.'

Ac fe gydiodd yn fy ngwallt a dechrau ymosod arno fo efo brwsh. Ond doedd hi'm yn brifo, roedd hi'n brwsio'n dyner ac yn ofalus. Unwaith roedd hi'n fodlon efo fo, dechreuodd dynnu'r sythwr ar ei hyd, un cudyn ar y tro.

Roedd hi'n job hir sythu fy ngwallt i, a falla mai dyna pam 'nes i ddechrau deud stori wrthi, a dyna pam mai Gwyneth a Gwion Seisyllt ydi'r unig rai gafodd wybod mod i wedi cyfarfod Deilwen.

Dal i eistedd yn sgwrsio oedden ni pan gyrhaeddodd Mam. Doedd 'na ddim ar ôl i'w wneud ond rhoi pob dim yn y car, cloi drws y garafán, rhoi swsys mawr i Nain, a dyna fo. Wrth i ni gyrraedd y ffordd fawr, trois yn ôl i edrych ar y fferm a'r cwm. Am eiliad, dim ond eiliad, ro'n i'n meddwl i mi weld merch gwallt tywyll yn rhedeg ar draws y cae i gyfeiriad yr afon. Ond ddwedais i ddim byd wrth neb.

Weithiau, byddaf yn meddwl y byddai wedi bod yn bosib i mi newid pethau. Meddwl petawn i'n chwaer fawr wahanol y byddwn i wedi gallu arbed yr holl boen iddi hi a phawb arall. Efallai ei fod o wedi cymryd gormod o lawer i mi sylweddoli ei bod hi, er mor dlos yr oedd hi, er mor hunanhyderus yr oedd hi'n ymddangos, cyn ansicred â minnau yn y bôn. Ac yn llawer mwy unig.

Echnos, ro'n i'n dychmygu gwahanol ffyrdd o ddial ar Gwydion am ein creu ni. Dial arno am iddo'n creu heb boeni dim amdanom ni, am ein teimladau a'n dyheadau. Fe ges i fy ngwrthod ganddo'n syth am nad oeddwn i'n edrych yn 'iawn'. Ac am nad oedd hi'n ymddwyn yn 'iawn', fe gafodd hithau ei gwrthod, a'i chosbi.

Mae'n bosib fod pethau wedi newid y noson o'r blaen. Ddim i ni'n dwy, wrth gwrs, ond pan welais i nhw'n gadael y cwm . . . Wn i ddim. Gobeithio.

Neithiwr ro'n i'n brysur o flaen y cyfrifiadur pan gerddodd Llion i mewn i'r stafell. Gafaelodd amdana i a rhoi cusan ysgafn ar fy ngwar cyn codi'i ben ac edrych ar y sgrin.

'MSN eto? Pwy ydi Blod?'

'Gwyneth, siŵr.'

'Hogan od, dwn i ddim be welis . . . '

Torrais ar ei draws.

'Mae hi'n iawn. Gwahanol ydi hi. Mae'n teimlo'n unig yn y coleg. Mi fydd hi'n cysylltu efo fi'n hwyr y nos fel hyn yn aml.'

'Wel deuda nos da wrthi rŵan. Ei dewis hi oedd mynd, a dwi angen dy sylw di hefyd.' Ac estynnodd ei law am y llygoden.

'Paid!'

Aeth i eistedd ar y gwely braidd yn bwdlyd a throis innau'n ôl at y sgrin.

> Am fynd rŵan. Llion 'di galw (Twit, to who? Clefar dê!) Siarad efo chdi fory. Bloda, dail a swsys. XX